JN033002

廃村ではじめるスローライフ
~前世知識と回復術を使ったらチートな宿屋ができちゃいました!~

全快する宿「月見草」へようこそ！
エリック
日本人だった記憶を持つ
元回復術師。

ビーバー
報酬の食べ物と引き換えに
エリックに協力してくれている。
ニャオー
マリーに飼われている三毛猫。
ライザ
テレーズとパーティを
組んでいる冒険者。
マリアンナ
(通称、マリー)
猫獣人ゆえか、猫の気持ちが
なんとなく分かる。
テレーズ
ライザとパーティを
組んでいる冒険者。

水あめを使ったデザートの完成！
「おいしいです！」

廃村ではじめるスローライフ

～前世知識と回復術を使ったらチートな宿屋ができちゃいました!～

author. うみ
ill. れんた

haison de hajimeru
slow life
~zensechishiki to
kaifukujutsu wo tsukattara
cheat na yadoya ga
dekichaimashita!~

口絵・本文イラスト
れんた

装丁
木村デザイン・ラボ

プロローグ　廃村で宿屋はじめました

「いらっしゃいませ！」

看板娘のマリーことマリアンナが元気いっぱいに客を迎え入れる。

ここは辺境の廃村だったとある一軒家を改装した宿屋「月見草《つきみそう》」だ。

夕暮れ時になり本日一組目のお客さんが訪れた様子。

お客さんは二人組で、一人は髭《ひげ》もじゃの中年。もう一人はスキンヘッドの体格が良すぎる男だった。

髭もじゃはマリーを見るなり目尻《めじり》が下がり、「よお」と気さくに挨拶《あいさつ》をする。

一方でスキンヘッドは渋面のまま、布でぐるぐる巻きにして固定した右腕をもう一方の手でさすった。

「おい、ゴンザ。ただの宿屋じゃねえか。これなら街へ行った方が良かったんじゃないか」

「何言ってんだよ。街の聖者のところになんて行ってみろ。金が足りずに追い返されるぞ。そうか、お前、『療養』だとか言って休みたかったのか？」

「んなわけねえだろ。治るまで待っていたら酒も飲めなくなっちまう」

「花街にも行けねえな。ガハハハ」

花街という言葉が出たからか、マリーが真っ赤になって両手を口に当て固まっている。

やれやれ、全く。

「宿屋『月見草』にようこそ。二人とも泊まって行くのか？　それとも飯でも食べに来たのか？」

「よお、エリック、泊まりだ。こいつが怪我《けが》しちまってよ。右腕の骨折だけじゃなく、アバラもやってる。打ち身もある」

髭もじゃのゴンザがスキンヘッドの方を顎《あご》で指し、「困ったな」といわんばかりに顔をしかめた。

申しおくれたが、俺は宿屋「月見草」の主人エリック。いろいろあったが今はこうして宿屋を営むことができている。

困るゴンザと今度はアバラに手をやっていたスキンヘッドに向け苦笑しつつも軽い調子で応じた。

「さんざんだったんだな。骨折くらいなら一泊でいいか？　飯はどうする？」

「ペコペコなんだ。夜と朝で頼む。この宿は食事も特別なんだぜ」

ゴンザがスキンヘッドに向け得意気に言うと、痛みで顔をしかめたままの彼が興味を惹《ひ》かれたようで彼に尋ねる。

「へえ、どんな食事なんだ？」

「冒険者のプレートと言ってな、色んな料理が一枚の皿に載ってんだよ。ケチャップで炒《いた》めたパスタとか、変わってるがこれがまたうめえんだよ！」

「ほおほお」

痛いんじゃなかったのかよ。割に余裕があるのかな、スキンヘッドも。いや、額に脂汗が浮いているし痛いに違いない。

冒険者のプレートは前世知識の「お子様ランチ」から着想を得たものだ。お子様ランチといえばナポリタンにハンバーグだろ。

ゴンザが料理を気に入ってくれたようでなにより。

「食事もセットだな。じゃあ、一人１１０ゴルダ頼む。湯治場は自由に使ってくれ。絶対に男湯と女湯を間違えるなよ」

「分かってるって。すぐに飯にしてくれ」

「いや、その前にそちらの旦那《だんな》に包帯を巻いてくれ。痛いだろうが体を拭《ふ》いてからな。湯治の後も巻くんだぞ」

「マリーちゃんに巻いてもらうのはオプションだったか」

「おっさんは自分でやれ。巻き方が分からないなら俺がやる。これでも元回復術師《ヒーラー》だからな」

ゴンザめ、かなりのお調子者ぶりを発揮しているな。これでまだ宿に泊まるのは三度目だというのにすっかり常連気分じゃないか。

「こんなボロ宿が街の宿より高いとは」とか言っているスキンヘッドの声はちゃんと聞こえているんだからな。

でも、悪くない気持ちだ。絶対に、俺の宿屋「月見草」に一度宿泊すれば気に入ってくれる自信があった。彼のように客が客を呼んでくれることはこの上なくありがたい。

こら、ここで脱ぐなよ。スキンヘッド。思いっきり痛そうな顔をしてまで急ぐことないだろうに。上半身だけだからまあいいか。

お上品な宿じゃないし。主な宿泊客は冒険者だから、行儀よくする必要なんてない。宿主である俺もお世辞にも行儀のよい人間じゃないしさ。

「マリー、食事の用意に取り掛かってもらっていいか？」

「はい！　エリックさん！」

淡いピンク色の猫耳と尻尾《しっぽ》がピンと立ち、元気よく返事をするマリー。

尻尾の動きに合わせて黒のスカートが動くのも愛らしい。カフェ風のブラウスに黒のスカートからいずれ浴衣に変えたいところだな。

彼女は猫耳に尻尾を持つ猫タイプの獣人と呼ばれる種族だ。

俺のような人間より、優れた嗅覚《きゅうかく》や視覚を持っていたりする。人間に比べると得手不得手がハッキリわかれる種族と聞く。

彼女との出会いが宿屋をはじめようと思ったきっかけだったよなあ……まるで昨日のことのようだ。

「スキンヘッドの兄さん、随分と痛そうだな。これでまず上半身を拭いてみな」

桶《おけ》に特製の水を注ぎ、ぎゅっとタオルを絞る。

服を脱ぐだけで痛みで歯を食いしばっていた彼にタオルを手渡した。

「お、おお、痛みが引いていく。すげえな！　おい、ゴンザ！」

「だから言っただろ。怪我したときは廃村の『月見草』だってよ」

「廃村の」という枕詞《まくらことば》が気に入らないけど、事実だから否定もできない。

「ほら、包帯を巻く。そこに座ってくれ」

「おう、ありがとうよ、兄さん。さっきは失礼なこと言ってすまなかった」

「エリックだ。『一泊すると全快する宿』とはここ『月見草』のことだ。今後ともよろしくな」

「これは、期待できそうだぜ」

「そこのゴンザも最初に来たときはさんざんだったんだよ。今ではすっかり元気だがな」

スキンヘッドに包帯を巻きながら、にいいとゴンザに目をやる。

「その先は言うな」とゴンザが唾《つば》を飛ばして来たから、彼の友人の手前黙っておいてやることにした。

俺って優しさにあふれているよな、うん。

ブレスに焼かれたとかで大やけどを負って「月見草」に担ぎ込まれて来たゴンザの奴《やつ》……おっと、ここで笑ったら彼にバレてしまう。

これで良し。

「包帯はこれで終わり。骨折したところはちゃんと固定してくれよ」

「変わった治療なんだな。固定してから布で巻くものだと思ってた」

「『月見草』特製の包帯に水だから。直接肌につけてもらわなきゃならん。ヒールと違って一瞬で回復するわけじゃないからちゃんとつけておいてくれよ」

「分かった。寝ている間にもってことだな」

痛みが引いたことが功を奏したようで、スキンヘッドは俺の言う事を真摯《しんし》に聞いてくれている。

そうなんだ。「一晩泊まる」ってことが重要なのだ。

俺は回復術師《ヒーラー》としてぽんこつだった。回復術師《ヒーラー》の才能を持つ者が少ないがためにこんな俺でも冒険者稼業を営むことができていたが、底辺も底辺。いないよりはマシだろ、程度だったんだよな。

しかし、こうして宿屋を経営できているのだから世の中不思議なものだ。

俺のヒールはちょびっとしか回復しない。だけど、他にはないとある特性があった。それが宿という仕組みと相性が良かったってわけさ。

カランコロン。

そうこうしているうちに次の客がやって来た。

今度は長い髪の女戦士と軽装のアーチャーだった。

「エリック、少しぶりだな」

「いらっしゃい。今日は元気そうじゃないか」

右手をあげた女戦士に笑顔で応じる。

もう一方のアーチャーは両手を左右に振ってこちらに挨拶をしていた。

「ここは冒険のいい拠点になるんだ。怪我をしていなくとも、普通に休むより断然体力も気力も回復するからな」

「ありがとう、一泊でいいかな?」

「いや、近くで狩りをして戻るつもりだ。二泊で頼む。食事は必要ない」

「分かった。一人一泊80ゴルダで二泊だと160ゴルダになるよ」

「前払いで頼む」

宿屋「月見草」も随分と宿泊客が訪れるようになってくれて何より。

思わず目尻が下がり、何を勘違いしたのか女戦士からばあんと背中を叩《たた》かれてしまった。

何もない廃村の家屋を改装して宿屋にする前の俺は紛れもない底辺冒険者だったんだよな。

それがマリーに出会って——。

第一章　ヒールの真の力

「今回限りで抜けてくれ。本当は報酬も払いたくない」

毒突きながら、ゴルダの入った袋を投げてよこす若い冒険者。

そんな彼を諫《いさ》める魔法使いの女の子だったが、彼女もフリだけで表情から俺に対する嫌な気持ちがにじみ出ている。

他のメンバーも似たようなものだ。

「分かった」

無言で報酬を握りしめ、彼らに背を向ける。

当初こそ悔しい気持ちはあったが、もはや無になった。

使えない。あんたとは二度と組まない。かすり傷程度しか回復しない。

今だって、俺に聞こえるように彼らは「金の無駄使いだった」などと文句を言っていた。

だったら雇うなよ！　なんて憤る気持ちも、もはや生まれなくなってしまった自分が嫌になってくる。

お前らが「貴重な回復術師《ヒーラー》だから、しょぼくてもいい」って雇ったんだろうがよ。いや、こいつらはまだマシな方だ。

文句を言いつつもちゃんと報酬を払ってくれるんだからな。ありがたい、ありがたい。そう思おう。

このままこの酒場で飲む気にはなれず、数軒先の飲み屋でやけ酒でもするかと店を出た。

ん、あの子。どうしたんだろう？

「にゃーん」

あの子と言ったが人間だとは言っていない。

三毛猫がひょこひょこと片足を引きずって力なく鳴いている。

後ろ脚を怪我《けが》しているのかな？

ゆっくりと近寄ってみても、逃げようとしない猫。

「見てもいいか？」

その場でしゃがみ込み、引きずっている方の足をしげしげと眺めてみる。

ただの傷だったらよかったんだけど、どうやら折れてるぽいな。

「俺のヒールじゃ、骨がくっつくところまではしんどいかもなあ」

といっても無いよりはましだ。一時的に痛みを取り除くくらいはできる。

集中。祈り。念じろ。

「ヒール」

折れた脚へ向けた手から暖かな光が注ぎ込まれる。

「にゃーん」

痛みが引いたのか浮かせた脚先を地面にくっつけた猫だったが、すぐにまたひょこひょこ歩きになってしまった。

悲痛な声を出しながらも俺の手を舐《な》めてくる。

何とかしてやりたいが、俺のヒールじゃここまでだよな。

切り傷くらいだったらいけるけど、骨までは無理。ヒビだったらいいなあと思ったけど、どうやらぽっきりといっているらしく回復しきるところまではいかなかった。

「どうしたもんかな」

ヒールをかけたからか猫に触れても嫌がられることがなかったので、抱き上げたものの、ノープランである。

安宿じゃ飼うこともできないし、かといって構ってしまった手前、このまま放置するのも気が引けるんだよな。

底辺回復術師《ヒーラー》であるからして自分のことさえままならないってのに、困ったもんだ。

自嘲《じちょう》しても何も変わらない。

「あ、あの。もしや聖者様ですか？」

「いや、俺はフリーの冒険者だよ。回復術師《ヒーラー》をやっている」

今日は猫にいやに縁があるのか。

猫を抱き上げたと思ったら、今度は猫耳の少女に声をかけられた。

少女は薄汚れた服をまとい、アクセサリー類は首から下げた革紐《かわひも》くらいといった出《い》で立《た》ちだ。

「ニャオーにヒールをかけていただきありがとうございます」

「見てたのか」

「も、申し訳ありません！　ちょうど回復術師様《ヒーラー》がヒールを施そうとしているところから見ておりました」

「恥ずかしいところを見せちゃったな」

少女はあからさまに動揺し、猫耳がペタンとなっていた。

たどたどしく口を開いた彼女は取り繕うように言葉を発するが、うまく出てこない様子。

「あ、あの、わたし」

「俺がやりたくてやったんだ。料金なんて要らないよ。教会の守銭奴どもと一緒にしないでくれ」

そういうことか。

彼女の飼い猫だと知られたら、ヒールの代金を請求されるとでも思ったんだな。

ほんと世知辛い世の中だよ。この世界には「日本のような」病院はない。

怪我をしたら薬草を買うか、奮発してポーションにするか。大怪我をした時には教会に駆け込み高額で回復してもらう手段もある。

回復術師《ヒーラー》の素質を持つ者の多くは教会に所属しているのだ。

給料も良いし、能力が高いと豪奢《ごうしゃ》な暮らしをすることも夢ではない。

それほど能力の高くない回復術師《ヒーラー》や教会に所属することを嫌がる者は冒険者になる。

もっとも、俺ほど回復能力の低い回復術師《ヒーラー》は他に見たことが無いけどな。

固まる猫耳少女に向け苦笑し、自嘲する。

「すまん。俺のヒールじゃ、この子の骨折を癒すことはできなかった」

「骨折していたんですか！　いなくなっちゃって、探していたんです。そんな……怪我を……」

「猫タイプの獣人は猫の気持ちが分かると聞く。君もそうなのかな？」

「はい！　街には沢山の野良猫がいて、お世話をしたり助けてもらったり」

「この子以外にも猫を飼っているの？」

「全部で四匹、飼ってます。もっと飼いたいのですけど……余裕がなくて」

「他の子たちは元気なのか？　乗りかかった船だ」

「もうすぐ子供が産まれそうな子がいて」

「へえ。見せてもらってもいいかな？」

「見てくださるんですか⁉」

そんなわけで、彼女に案内されて路地裏にずんずんと入っていく。

細い路地の隅っこでぐったりとした猫が丸くなっていた。お腹《なか》が膨れていることから、この子が子供が産まれそうな猫なんだな。

「見た所、怪我をしている様子はないかな。でも、出産も控えているし毛布にヒールをかけておこうか？」

「あ、ありがとうございます！　え、えっと、ヒールは体以外にもかけることができるんですか……？」

「かけることはできるよ。聖水とか教会で売っているものがそれだな。ヒールをかけても急速に効果がなくなるから、高い割に使えたもんじゃない。ポーションなら話が別だが回復力がなあ……それなりに高いし、それでも聖水よりは安くて長持ちする。でもなあ……」

「あ、あの」

おっと。つい興奮して一人で喋《しゃべ》ってしまっていた。

彼女の遠慮がちな声でハッとなり、誤魔化すように首を振る。

「お金のことは心配しなくていい。俺がやりたいからやるんだ。そこの毛布にヒールをかけようか。ついでに、何か布きれを持ってる？」

「はい」

そんなわけで、お腹の膨れた猫用に薄汚れた毛布へヒールをかけ、骨折した猫用に固定器具を結びつけるための布切れにも同じくヒールを施す。

固定を少女に任せたが、彼女は布と布で添え木を挟み込むようにして猫の足に巻きつけていた。

布が少し長すぎたようだ。まあ、アレでも特に問題はなし。直接添え木が触れるよりは快適だろうしさ。

彼女もそう思って敢《あ》えてあの固定の仕方にしたのだろう。

「わたし、マリアンナと言います。本当に本当にありがとうございました！　何もお渡しできるものがなく……いつかこの御恩を返させて頂きます」

「いいって。俺はエリック」

本当に感謝しているのは俺の方だと喉元《のどもと》まで出かかってグッと飲み込む。

これまで何度となくヒールを使った。そのたびに出てきたのはため息で、感謝されることなんてなかった。

今だって猫の骨折を治療できたわけじゃない。人によっては逆に疎まれるところだ。

彼女は「俺の行為」に感謝してくれている。結果が伴えば尚良《なお》かったんだけど、すさんだ心が彼女の気持ちに久々に洗われた。

そうだよな。俺さ、回復術師《ヒーラー》の才能があると分かって、月並みだけどみんなの笑顔を沢山見ることができるって夢見てた。

それが、あまりにしょぼいヒール能力のため、罵《ののし》られる毎日になってしまったけど、本当はずっと誰かから感謝されたかったんだ。

ありがとう。マリアンナ。

心の中で彼女へ感謝を述べ、その場を立ち去る。

ところが、やはりというか何というか翌日になって猫の様子が気になり、見に来てみたらひっくり返りそうになった！

なんと骨折していた三毛猫が元気よく走ってきて俺の脛《すね》に頬をすりすりするではないか。子供が産まれそうだった猫も昨日とは打って変わって元気そうだ。

一体何が？

俺が立ち去った後、誰かがヒールをかけてくれた？　それともポーションを使った？

困惑していると、俺の姿に気が付いたマリアンナが両手を振り、満面の笑みを浮かべている。

「エリックさん！　二匹とも元気いっぱいになりました！　あなたのヒールのおかげです」

「え、いや。どういうこと？」

「布です。ヒールをかけてくださった布に触れているだけで骨折が完治し、お腹の膨れた子も元気になりました」

「ん、もしや……いや。しかし」

「それに見てください！　この布。まだ効果が持続しているんですよ！　わたし、あかぎれが酷《ひど》かったんですが、ニャオーにつけていた布を手に巻いていたらすっかり良くなりました」

「ま、まさか……そんな。マジで？」

「はい。マジです！　こんなすごい方がフリーだなんて驚きです！」

事実を聞かされてもまだ半信半疑だ。

俺のヒールが骨折を治療した？

理屈は分かる。いくら回復能力が低くてもずっとヒールをかけ続ければいずれ治療できるだろう。

普通、連続してヒールをかけることができるのはせいぜい三回まで。

布にかけたヒールの効果が低減せずにずっと維持されていたとしたら、ヒールの回数にして百回以上はかけていることになる。

いくら俺のヒール性能が悪くても、これだけの回数をかければ骨折くらい治療できるよな。

つまり、ヒールの回復性能は著しく低いが、持続力が並外れている、ということ。

本当にそうなのか？

俄《にわ》かには信じられない。

信じられないが、もしかしたらという希望も大きい。ならば、試してみるしかあるまい。

「マリ……アンヌ。他にも怪我した猫はいるかな？」

「マリーとお呼びください。エリックさん。猫が良いのですか？　い、いえ、変な意味じゃなく」

マリアンヌだったかマリエッテだったか迷ったんだ。ちゃんと覚えておけよって話だが、ヒールのことで気が動転していてさ。

実はどっちも間違っていたことを後に彼女の口から聞いて顔から火が出そうになった。

猫と言ったのは彼女が野良猫の世話をしている様子だったからで、特にこだわりはない。

「犬でもいいし、人は……避けたい。マリーが怪我をしているなら是非とも治してみたい」

「そ、そんな……わたし、まだ何のお礼もできていないです」

言い方が良くなかった。今のは好意を持っているという意味に聞こえたのかも。

その証拠にマリーの猫耳がペタンとなり頬が赤くなっているようにも見える。

確信が持てない段階で人に試し、まるで回復しないなんてことになったら、冒険者たちが見せたあの視線に晒《さら》されることになるだろ。

彼女のように回復してもしなくても感謝する子なんてそうそういないんだよ。

思えば前世の俺もそうだった。病院に行って、あまり治療効果がなかったら憤ったものだ。医者は俺のために診察し薬を出してくれたのにな。

回復したらしたで問題なんだよね。無償治療してくれるなんて噂《うわさ》が広まってみろ。長蛇の列になるだけならまだしも教会やフリーの同業者から総スカンだ。街に居られなくなるかもしれない。

自分でも悲観的すぎると思うが、冒険者生活でやさぐれてしまったから、どうしても悪い方向にばっかり考えてしまう。

再起動したマリーがパタパタと尻尾《しっぽ》を振り、「案内します！」と申し出る。

◇◇◇

本当に本当だった。

分かったことはいつものようにヒールを使ってもほんの僅《わず》かしか回復しない。ところが、布や水などにヒールをかけて患部と接触させていればじわじわとだが回復が持続する。

正直、自分の可能性にこれまで気が付かなかったことが悔しくて仕方ない。

「沢山の犬猫を救っていただきありがとうございます！」

「いや、俺の方こそ助かったよ」

マリーがあまりに感動だの感激だのと言うので道中彼女に俺のヒールがどのようなものなのかをハッキリと伝えた。

それでも彼女は嫌な顔一つせず、ここまで付き合ってくれたんだ。

大小はあるにしろ、意外に怪我をしている犬猫は多いんだな。

「これで冒険者さんたちもエリックさんの凄《すご》さに気が付いてくれますね！」

「あ、いや。冒険者に戻る気はない。この力を別のやりたいことに生かしたいと思ってる」

「一体どのような？」

「それは……」

続きを言おうとしたところで、近くを人が通りかかろうとしていて口をつぐむ。

あまり人に聞かれたくない話だからね。

路地裏といえどもまるで人が通らないわけじゃない。そのまま通り過ぎるのを待っていたら、その人は立ち止まり包帯を巻かれた猫に注目する。

年の頃は俺と同じくらいに見えるが、実際にはたぶん一回りくらい年上だと思う。

緑がかった茶色の髪にピンと尖《とが》った耳、マリーより少し背が低いその人はノームという種族で間違いない。

ノームは人間より背が低く、男でも人間の女子より頭一つ低いくらいだ。街でもたまに見かけることがあり、種族として職人が多い。

彼も職人なのだろうか。猫に包帯を巻くという普通は見ない光景にその職人魂が惹《ひ》きつけられたのかも。

「突然申し訳ない。僕は一度気になるとずっと気になり続ける性質《たち》でね。猫に包帯とは、何か面白いことをしていたのかな？」

「治療をしていたんです！」

どう答えようかと迷っていたら、マリーが元気よく答えてしまった。

対するノームの男は鼻をヒクリとさせますます興味を惹かれた様子。

「ほほお、そいつは興味深い。ヒールでもなく、ポーションをかけるでもなく、薬草の匂いもしないが、包帯ときたものだ」

「あまり公言したくないことなんだ」

「そうなのかい。包帯を巻くだけで治療ができるとなれば画期的だ。なるほど、なるほど。教会を気にしてのことか。初対面の君に信用してくれ……とは言えないか。そうだ。一つ頼まれてくれないだろうか。報酬は……これでどうだい」

「え……」

ポンと握らされた硬貨は何と金貨だった！

これ……1000ゴルダ金貨だろ。教会の治療費並じゃないか。

一体何事だと聞き返そうとしたら、彼は「まあ、ついてきてくれ」と背を向ける。

ついた先は「ジャンピエール細工店」という小さなお店だった。

店には入らず裏側に回ると厩舎《きゅうしゃ》があり、一頭のロバが横たわっている。

添え木をしているようだが、右前脚を怪我しているらしく立ち上がることができない様子だった。

「もう安楽死させるしかないと思っていたんだ。教会はロバの治療をしてくれないしね」

「骨折しているのかな？」

「そうだとも。ロバにとって骨折は致命傷なんだ。ノームのように回復するまで寝ておくなんてことはできない」

「競走馬と同じようなものか」

見るからに痛々しい。

マリーに至っては目に涙を浮かべ、口元に両手をやっている。

「マリー、包帯を頼む」

「はい！　きっと元気になってくれます！」

包帯を握りしめて目を閉じる。

集中。祈り。念じろ。

「ヒール」

包帯に暖かな光が吸い込まれて行く。

これで良し。

マリーに協力してもらって慎重にロバへ包帯を巻く。

「恐らく夜までには元気になる……はず」

「夕飯の前にはきっと！　ニャオーと同じです」

うんうんとマリーと顔を見合わせる。

そこで、パチパチとノームが拍手をした。

「ヒールとは。なるほど、なるほど。こいつは面白い。聖水がごとく布が聖衣に、という事か。しかし……いや。詮索《せんさく》は止《よ》そう。せっかくだ。お昼でもご馳走《ちそう》させてくれないか」

「願ってもない」

ちょうどお腹が空《す》いていたし、このノームの人となりも見ておきたいから一石二鳥だ。この様子だとみだりに俺のことを吹聴したりしなさそうだが、もし噂を広められてもそれはそれでよい。

大金をもらったし、もうこの街に未練はないからね。はは。

結局、教会があるところじゃ、俺のやりたいことはできない。それに、ここには「あるもの」がないから尚のこと。


「何から何まで、ありがとう」

「ちょうどいいタイミングでもあった。それに君のおかげで格安でロバを増やすことができたからね」


御者台に座るノームが笑う。

まさかこれほどトントン拍子に進むなんて思ってもみなかった。

時間は二日前に戻る。骨折したロバの治療が完了するまで時間があるということでノームに誘われ昼食をご馳走になったのだ。

彼はロバがいた厩舎のある「ジャンピエール細工店」の共同店主なのだって。

彼の父がこの店を開店させ、三人の息子たちが後を継いだ。治療を申し出たノームことグラシアーノは三兄弟の最年少とのこと。

末っ子だけに一番気楽なんだと彼は言っていた。

彼の自己紹介を聞きつつ、運ばれてきたピザに舌鼓を打っていたら、ピコンと猫耳を立てたマリーが先ほどの続きとばかりに尋ねてきたんだ。

「エリックさん、先ほど途中だった『やりたいこと』ってどのようなことなんです？」

「それは」

今言うかと思ったが、発言を無かったことにはできない。

マリーはいい子なのだけど、警戒心がないというか純粋なのだというか、でもそういう態度は嫌いじゃない。

俺が冒険者連中とのやり取りで疲れ切ってしまっていたので、こういう純粋さはある意味癒しである。

言いたくなければ言わなきゃいいだけだしな。

俺の態度に察したグラシアーノが両手を開きおどけるように肩をすくめてみせた。

「僕も聞かせて欲しいな。君のヒールは素晴らしいものだ。だが、教会は良く思わないだろうからね」

「グラシアーノさんには治療のことも知られてるし。そうだな、二人に聞いてもらいたい」

「ありがとう、エリックくん。これほど興味深い能力に関わることができて嬉《うれ》しいよ」

「俺のやりたいことは、宿の経営なんだ。街でやろうとは思ってない。というのは、俺の想《おも》いとカモフラージュを兼ねてなんだ」

ノームのグラシアーノは「ほお」と息を吐き、逆にマリーは息を飲む。

二人とも身を乗り出しているのが二人の興味の深さを物語っている。

待ちきれなくなったマリーがソワソワとした様子で口を開いた。

「教会の目が、以外に理由があるのですね！」

「うん、治療を兼ねてということなら湯治をできるようにしたいんだ」

「湯治？」

「温泉につかることによって怪我を治すという考え方があって」

マリーはピンと来ていないようで、猫耳が片方だけペタンとなる。

いろんな物事に興味を持つらしい博識のグラシアーノも似たような反応だ。

そうか、俺も温泉のことを聞いたことがなかったんだよね。生まれ変わってこの世界に誕生して以来一度たりとも。

俺には誰にも明かしていない秘密がある。

それは、前世の記憶を持つということなんだ。俺にはここことは別世界の地球の日本で生きていた前世の記憶がある。

残念ながらとある事故で死んでしまったみたいで、気が付くと赤ん坊になっていた。

日本の物語ではよくある話なのだけど、まさか自分がそうなるとは驚きだったよ。

湯治という知識も日本でのものである。

湯治は温泉につかって傷や病を癒す日本古来のものだ。

なんて湯治は後から思いついたことなんだけどね。

この世界ってさ。魔法があったりとゲームっぽいじゃないか。だから、ゲームで宿に泊まると全回復することがまず思い浮かんで。

当然ながらこの世界の宿に泊まったところで回復なんてするわけがないのだけどね。

「ふむ。カモフラージュとしては良いと思うよ。湯治という名目で長期滞在をしてもらうことができるわけだ」

グラシアーノはトンと指先で机を叩《たた》き膝《ひざ》を打つ。

本質をすぐに理解した彼はやはり頭が切れる。

「俺の治療は何らかの物……包帯が適しているけど、に触れ続ける必要がある。治療するのに時間がかかるから滞在してもらわなきゃならない。ならば、宿をと思ったんだ」

「確かにです！　すごいです！」

ぱちぱちと手を叩き、満面の笑みを浮かべるマリー。尻尾もピンと立ち左右にゆらゆら揺れていた。

「場所のあたりもつけているんだ。そこで宿を始めようと思う」

冒険者時代に温泉が出る場所へ行ったことがある。

あの場所ならばきっと。

「なら、何かと物入りだろう。もう一仕事してもらえないかな？」

「さっき大金をもらったし、治療なら引き受けるよ」

「ただし内密に、だね。出所は……いずれ明かそうと思っているよ。君の宿が開店してからね」

「それは願ってもない」

グラシアーノがパチリと片目を閉じた。

何を治療するのか分からないけど、「治療ができたのは……こんな宿が」的に紹介してくれるつもりなのだろう。

治療費を頂く以上にありがたい。

もっとも、既に1000ゴルダも頂いている。これは教会で治療をしてもらうのと同じくらいの価格になるんだ。

見ず知らずの俺の治療に教会と同額をポンと渡したことに驚いたのは言うまでもない。

彼からするとロバが復活するなら安いものだと思ってくれているのかも。

「あ、あの。エリックさん」

両手の指先を組んで忙《せわ》しなく動かしながら、もじもじとした様子でマリーが見つめてくる。

「あ、あのですね。わたしもエリックさんの宿をお手伝いさせていただけないでしょうか……。厚かましいお願いだとは分かってます。わたしなんてそうお役にも立てないことも……」

「本当にいいのか？　願ってもない。一人で宿の運営をすることは難しいと思ってた。いずれ誰かを雇わないと、ともね。だけど、まだうまくいくか分からない。それでもいいなら」

「もちろんです！　開店準備もお手伝いさせてください！」

「今の仕事を辞めても、最初は給与も渡せないかもしれないけど」

懸念を述べる俺に彼女は自分の事情を語り始めた。

何でも獣人の彼女は職につくのが難しく、冒険者として身を立てるにも獣人としての特性を生かせるほど強くなく、何より戦闘が怖くて荷物持ちくらいしかできなかったのだそうだ。

それで、街で雑用係としてその日暮らしをしていたのだと。

今日だって仕事がなく、こうして俺と犬猫の治療に……聞いていて自分の不遇な冒険者時代と重なり、ずううんと俺まで落ち込んでしまった。

彼女にとってはまさに渡りに船だったわけか。

ただ、宿の運営がうまくいくかどうかは分からないことだけは釘《くぎ》をさしておいた。

もちろん、俺は絶対うまくいくという自信はある。俺一人でやるなら失敗したとしても俺だけに降りかかってくる問題なので、まあ自業自得だ。

彼女を巻き込むとなると、彼女の生活も関わってくるからどうしても、ね。

「はは、万が一の時は焚《た》きつけた僕にも責任はある。君は冒険者に戻るとしてマリーのことはうちの従業員にするなりなんなりしよう」

「それなら」

「ダメです！　そんな……わたし。エリックさんの宿はうまくいくに違いありません！」

なんて感じでマリーも俺の夢に同行することになった。

そして、その日のうちにグラシアーノからもう一頭ロバの治療を頼まれる。このロバも前脚が折れていた。

同じように包帯を巻き……翌日にはどちらのロバも元気に歩けるまで回復する。

それでグラシアーノが馬車で目的地まで送るよ、と申し出てくれて今に至るというわけだ。

御者台に座る彼は俺に事情を説明してくれた。

「二頭目のロバは買ってきたものなのだよ。肉にするからと言ってね」

「な、なるほど」

二頭目のロバに包帯を巻いたのは最初に包帯を巻いたロバが回復する前の話だぞ。

俺の治療が成功すると確信していないと動けない。ま、まあ。最悪肉にして売れば元は取れるのか。

ただし、買値と売値が同じで手間だけかかる、となりかねないけど。

この人、かなりのやり手だ。商売のことならグラシアーノに相談すると良さそうだ。

などと戦慄《せんりつ》していたら、しれっと彼は何も俺の荷物を運ぶためだけに付き合っているわけじゃないと続ける。

「さっきも言った通り、ついでだよ。荷物のスペースが多少増えるだけ。しかし、君の活躍で二頭立てになり積載量も増えた。そうだね。飼葉代が増えたくらいだよ」

「ついで、ってあんな辺鄙《へんぴ》なところに何を？」

「君と同じ理由だよ。あの場所は冒険者のキャンプ地になっている。だから、引き取りに行くのさ」

「確かに。悪くない、のかも」

冒険者の多くは徒歩移動だ。彼らはモンスターの素材や鉱石、薬草を集めて街で売る。

自分たちの装備や荷物もあるから、持ち運ぶことができる量は限られているんだ。

冒険者にとっては街まで運ぶ手間が減る。素材を売った後、もう一度集めてもいいわけだし。

一方、グラシアーノにとっては街で買うよりも安く買うことができるだろう。

行き帰りついでの冒険者を護衛に雇うことだってできる。冒険者にとっても護衛で金銭を得ることができるのだから、道中無償より断然いい。

なので、今馬車についている護衛の冒険者だって通常の隊商護衛より遥《はる》かに安い値段で雇われているのだと容易に想像がつく。

「おーい、エリック。ちいと手伝ってくれよ。武器くらい持ってんだろ」

「モンスターか？　いつもの弓と剣なら持ってるぞ」

「お前さんも食事をとるだろ。この辺で多分……ほらきた」

「全く……」

髭《ひげ》もじゃの冒険者の呼びかけに馬車を停車してもらい、外に降り立つ。

彼とは昔からの知り合いだ。名前はゴンザ。

彼は数少ない俺と普通に接してくれる冒険者の一人だ。もっとも、俺のヒールを評価してくれているわけではないのだが……。

弓の腕を多少買ってくれているみたいだがね。

ゴンザと並んで弓を構え、バサバサと飛び立った野鳥を狙う。

ヒュンと風の唸《うな》る音とともに矢が飛び、見事獲物に突き刺さった。ゴンザの放った矢は外れ。

すぐに落ちてきた獲物を拾いに行かず、二射目を放つ。今度は外れ。ゴンザがヒット。

なんてことを繰り返し、合計で五羽の野鳥を狩ることに成功した。これで十分だろ。夜どころか、明日の昼までこれで賄える。

「にゃー」

「にゃーん」

飼われていても本能がそうさせるのか、獲物の匂いを嗅《か》ぎつけた猫たちが馬車からぴょんと降りてきた。

幸い、モンスターや猛獣の気配はしないから大丈夫かな。

日本と違って街の外となれば、危険がいっぱいだからね。

「お前たちもいたんだったな」

降りてきた猫は全部で四匹。マリーが飼っている猫たちである。

彼女が街を出るにあたって、猫たちも連れてくることになったのだ。

「す、すいません……。こらニャオー」

「大丈夫だって。猫たちの食事のことが抜けていたよ。明日も狩りをしなきゃだな」

ははは と笑うと髭もじゃが目尻《めじり》を下げているところが目に入ってしまう。

あの髭もじゃ。猫たちにメロメロになっているんじゃ……？

意外な彼の好みに対しからかってやろうか、といういたずら心が浮かぶが、やめておくことにした。

彼だって将来客になるかもしれないものな。猫がいるってだけで泊まりに来てくれるかもしれないし。

ここで突っ込んでへそを曲げられたら勿体《もったい》ない。

なんて、突っ込まなかったのは良心からでなく打算だけだったんだけどね。

ゴンザとは気を遣う仲じゃないし。命を預けあうことだってあったから遠慮なんてなしだ。

しかし、宿の運営が絡むとなれば俺も紳士になるのである。ってもういいかこの話は。

◇◇◇

「ここが目指す場所だったんですか」

「うん、この廃村で宿を始めるつもりだったんだ」

馬車で三日かけてやってきたのは打ち捨てられた廃村。

辺りを見回したマリーが目を白黒させている。

ここはかつて鉱山村として栄えていた。良質な鉄鉱石だけじゃなく貴重な魔法鉱石であるミスリルまでとれるとあって王国からも手厚く保護されていたのだそう。

ところが掘り進めていった結果、地下にある空洞と繋《つな》がってダンジョン化してしまった。

そのため、掘り進めることができなくなり鉱山者たちは撤退した。入れ替わるように冒険者たちが訪れるようになったのだが、冒険者相手だけだと村が立ち行かずに一人、また一人と村から撤退し、ついには放棄された。

今ではダンジョンや周囲の森、山に素材集めやモンスター討伐に繰り出した冒険者たちのキャンプ地となっている。

鉱水で汚染されていない井戸水もあるし、居心地が悪く使う冒険者は皆無であるものの廃屋だってあった。

何よりここには、自然に湧き出る温かい源泉があるのだ！　乳白色のそれはまさに温泉そのもの。

少し冷やせば利用できる。

残念ながら温浴施設が整備されていないので、過去にここへ冒険に来たときは温泉を楽しむことができなかった。

冒険者から素材を買い取るグラシアーノを見つつ、マリーが胸の前で両手を合わせ喜色を浮かべる。

「冒険者さんがお客さんになるんですね！」

「その通り。ここで休憩をする冒険者はチラホラいる。野宿するより断然快適に過ごすことができるだろ。さらに怪我が回復するとあったら」

「凄《すご》いです！　そこまで考えられていたんですね」

「わざわざお金を払って宿泊をしたいと思えるところにしなきゃな。冒険者は野宿に慣れっこだから」

「はい！」

よおおっし。やるぞ。

潜在的な客は十分だ。

問題は補給ができないこと。宿といえば食事であるが、どうやって食材を確保するのかも一応考えてはいる。

そのためにもまずは廃屋を見繕い、改装しなきゃだな。

幸い、グラシアーノの馬車に荷物を積むことができたので予定より多くの道具を運び込むことができている。

決意を新たにしていると、冒険者とのやり取りを終えたらしいグラシアーノがこちらに歩いてきた。

「来て早々だけど、帰りの護衛が見つかったから失礼させてもらうよ」

「ありがとう。本当に助かったよ」

「定期的にここへは来るつもりだ。次来るときには君の宿に泊まることを楽しみにしているからね」

「次って一か月後くらいかな?」

「それくらいかな。月に一度くらいは来ようと思っている。今回初めてこうして買い取りをやってみたんだが、思った以上の収穫だった、というのが本音さ」

パチリと片目を閉じおどけて見せるグラシアーノ。

どこまで本当なのか分からないけど、彼が定期的に来てくれるなら街から道具を仕入れることもできそうだ。ありがたい。

鉱山村が放棄されてから十数年だったか。中には朽ちてボロボロになってしまった家屋もあった。温泉の引き込みも考えて……立地優先で場所を決めるのがいいかなと目星をつける。

そして、一番都合の良い、他と違って石造りの家屋にしようと決めた。

二階建てで、外から見た感じ部屋数も多そうだ。崩れてきそうな感じは一切なく、むしろ掃除をするだけでそのまま使えそうな勢いだった。

以前この廃村に来た時、野宿するよりここで宿泊した方が断然よかったんじゃないか、と思ったのだけど、当時のパーティリーダーは家屋の様子を確認することなんてせずに野宿を選んだ。

いざ石造りの家に入ってみたのだが、床に埃《ほこり》がかぶり足跡も無い。

これだけ立派な家だってのに誰も利用していなかったんだ、と不思議に思う。

何かいわくつきの理由でもあったのだろうか……。

「あ、あの。エリックさん」

暖炉を指さすマリーの顔は蒼白《そうはく》になっている。指先だけじゃなく尻尾《しっぽ》もプルプルとしていた。

一体何が?

見たところ、よく見るタイプのレンガ作りの暖炉に見えるけど、何かあるのだろうか。

「何か気になるところがあった?」

「動いた気がしたんです。それに暖炉だけ妙に『綺麗《きれい》』じゃないですか?」

「そうかな。いわれてみれば……そうかもしれない」

「ま、また動いたような」

動いた、のかなあ。

言われてもピンとこない。

燃やされていない薪《まき》が積まれたままで放置されている、のは確かに妙だ。

誰かが薪を使おうとして途中で断念した？

気になるところだけど、今日中にここで寝泊まりできるようにはしたい。

「にゃーん」

猫たちはさっそく家の探索に向かうようだ。

そうそう。身重の猫がいただろ。名前はグルーだったかな。彼女だけは家に入るなり寝そべって休んでいる。

マリーの見立てではあと数日で産まれるんじゃないかとのこと。

グルーのためにも埃を取り去っておきたいところだ。

「マリー、気になるけど、先に一階の掃除をしちゃおう」

「はい！」

声をかけると彼女もグルーのことを思い出したのか、顔色が元に戻りテキパキと動き始める。

俺はといえば、まず暖炉周りから掃除をすることにした。彼女が怖がっていたから、なるべく近寄らない方がいいだろうと思って。

暖炉、暖炉ねえ。

レンガを磨きながら、暖炉をどうすべきか考えてしまう。

いきなりは無理だろうけど、俺の目指す宿と趣が異なるんだよな。

趣とか何を贅沢《ぜいたく》な、と思うかもしれない。だけど、コンセプトって大事だと思うんだよ。

俺の目指す宿はズバリ和風の宿屋だ。

日本人の記憶があるからか、こうポツンと秘境にある宿のイメージが和風の宿屋でさ。心霊スポットになったら困るけど、なんというか和風の宿屋って落ち着かないか？

湯治という言葉も和風をイメージしてしまうし。いずれは和風が街で知られるくらいまでになったらいいなと思っている。

そうそう、マリーが浴衣姿でも案外似合うんじゃないかなって思うんだ。あれ、宿屋の制服って浴衣じゃなかった気がする。何だっけ？

こういうことなら、前世の時にもう少し宿のことを調べておくんだった。今更どうしようもないけれど……。

ん。でも、マリーが浴衣を着たら尻尾はどうなるんだろう。

浴衣の下に隠す感じになるのかな？　そうなると窮屈になってしまうのかも。

「マリー、尻尾って外に出しているものなのかな？」

「男の人はズボンの中に、ということも多いみたいです。私は尻尾が動かせなくて苦手です」

「そんなものか。だから、スカートなのかな？」

「わたしは、ですが。スカートよりズボンの方がよいでしょうか……？」

「ううん。スカートが可愛《かわい》いと思うよ」

「か、かわいい。そ、そんな……わたし」

戸惑うマリーの気持ちは分かる。

彼女の衣服は裾《すそ》がほつれ、色褪《いろあ》せているし、汚れも取り切れないほど使い込まれている様子だった。

「マリーの制服とついでに新しい服も用意しようよ。宿のための清掃道具とか大工道具を優先したから、服とか持ってこれなかっただろ」

「い、いえ。わたしは」

「はは。俺も装備優先で、服はこれ一着だけなんだ。心機一転。お客さんを迎えるために二人で新調しようよ」

「……は、はい！」

彼女の経済事情は推して知るべし。敢えて触れない。

といっても今はお金に余裕があるわけじゃないから、すぐには難しい。

グラシアーノから頂いたゴルダがあるだろって？　そうだな。あと200ゴルダちょっと残っているけど、これじゃあ心もとない。

日本と異なり、廃村だと特に不動産購入費がかからないことを知っていなかったら、宿の開業にも踏み出せないところだった。

街だと空き地に勝手に家を建てることはできない。ちゃんと土地を購入しなきゃ、なのだけど、管理する者のいない場所は別である。

この廃村のようにね。


一通り一階部分の掃除が完了する頃には昼をとっくに過ぎ、日が傾いてきていた。

朝食をとってから何も食べていなかったのでさすがに腹減った……ので食事をとることに。

おっと。暗くなる前に天井から吊《つ》るした魔道具ランプの様子を確かめないと。

この世界には電化製品が一切ないけど、代わりといってはなんだが便利な魔道具というものがいくつもある。

魔道具の多くは生活雑貨で、蛍光灯の代わりに魔道具ランプがあったり、冷蔵庫の代わりに保冷の魔道具があったりと様々だ。

高価な魔道具を買うことはできなかったけど、それでも元々持っていた貯金を使って生活に必須《ひっす》の魔道具は揃《そろ》えてきた。

アイテムボックスや魔法の袋的なものは残念ながら存在しない。異空間に物を入れ持ち運べる道具があれば、馬車でわざわざ荷物を運んだりしないって。

服やらは持ってきていないと言ったが、一つだけ拘《こだわ》って持ってきた布と板がある。

何かって？　そいつは宿に必須のものだよ。

「マリー、暗くなる前にこいつをつけておきたい。手伝ってもらえるかな？」

「もちろんです！」

どちらも宿の入口用のものだ。

一つは暖簾《のれん》。中を大改装することは難しいと分かっていたので、せめて何か一つだけでも和風さを出したいと思ってさ。

藍色《あいいろ》の簡素な暖簾で、扉が横開きなのでちょうど良かった。

もう一つは宿だけじゃなく店をやるなら必須のもの。

そう、看板だ。

板には「宿屋『月見草《つきみそう》』」と書かれていた。釘《くぎ》を打とうと思ったが石壁だからやめておき、軒先に立て掛けることにする。いずれ漆喰《しっくい》か何かで壁に貼り付けてしまおう。

「まだ開店していないけど、こうして暖簾と看板を置くと感動だ」

「はい！　『月見草』、良い名前です！　宿屋とはどんな意味なのですか？」

「気軽に宿泊してもらえる宿って意味かな。本当は煽《あお》り文句もどこかにつけたかったけど、木の板に炭で書こうかな」

「『元気になる宿屋』とか、ですよね」

「そんな感じ」

暖簾と看板を二人並んで見つめ、悦に入る。

そんな折、開けっ放しの扉から三毛猫が顔を出す。ニャオーだ。

ん、ニャオーの背に何かが乗っている。人形か？

人形だと思ったが、動いてる。ニャオーのふさふさの毛を小指の先ほどの手が握りしめているじゃないか。

コビトかな？　初めてみる種族だ。

大きさは猫の背に収まるくらい。手の平サイズと言えばいいのかな。

三角帽子に緑のベスト。茶色の半ズボンと絵本の中からそのまま出てきたかのような服装をしていた。

「にゃーん」

背にコビトが乗っているというのにニャオーは特に気にした様子はない。

猫って普通、こういうのを非常に嫌がるものなのだが、コビトはそうではないらしい。

「素晴らしいケットだ。キミのケットかい？」

「俺の飼い猫じゃなく、マリーのだよ」

コビトが喋《しゃべ》った。声が小さいので聞き逃しそうになったよ。

マリーの背をずずいっと押す。彼女は戸惑ったようにその場でしゃがみ込み、ペコリと頭を下げた。

「コビトさん、初めまして、マリアンナです。マリーと呼んでください」

「おっと、挨拶《あいさつ》もせずに失礼した」

コビトはニャオーからストンと降り、三角帽子を掴《つか》み芝居がかった礼をする。

「ストラディだ。巨人族の美しいお嬢さん」

気障《きざ》……。

今日び、こんなテンプレな言葉、恥ずかしくて言えんわ。

コビトは表情まで完璧《かんぺき》に決めている。彼の様子からどうやら素でやっているらしいと察した。

「あ、あの、ストラディさん。コビトさんは猫に騎乗するのですか?」

「そうだとも。この辺りにはケットはいない。巨人族がいた頃はケットもいたのだが……全ていなくなってしまってね」

「そ、その。ニャオーたちはお役に立てそうなのですか?」

「もちろんだとも! これほどのケットはそうそういない。私はケットに目が無くてね」

コビトのストラディは何やら語り始めてしまって止まりそうにない。

マリーと顔を見合わせ苦笑し、しばらくの間、彼のことは放っておくことにした。

ニャオーはニャオーでふああと欠伸《あくび》をしてその場で丸くなっている。

さてどうしたものかと顔を上げた時、マリーがハッと両手を合わせた。手の動きに伴い猫耳もピンとする。

「ストラディさん。暖炉の中で何かされていたりしますか?」

「暖炉は通路なんだよ。我々の隠れ里に繋《つな》がっているのさ」

事もなげに語るコビトのストラディに目をむく。

お、おいおい。

秘密を初めて会った俺たちに語るとか正気かよ。

マリーは素直に「そうなんですかー」と感心している。俺も彼女のようになりたい、とチクリと胸が痛む。

冒険者生活ですさんでしまったのだろうか。初対面の相手に何でも明け透けに来られると、逆に騙《だま》されているんじゃないかと疑ってしまう。

俺の心持ちを察したのかストラディは「ふふふ」と顎《あご》先をさすり朗らかに笑った。

「そちらの巨人族の青年が心配するようなことは何もないとも」

「自己紹介が遅れてすまない。俺はエリック。ここで宿を経営しようとマリーと一緒にやって来たんだ」

「そうだったのかい。ここを宿に。ほほう、おっと。その前に、隠れ里のことからだ。隠れ里に繋がる道は君たちじゃくぐることはできない。それが理由さ。安心したかい？」

「う、うん」

「おっと、入口で待ち構えられるなんて可能性もある、とか勘ぐっているのかい？　私とて初対面とはいえ君たちの人となりは判断してからの発言だよ。これほどのケットを育てられる者たちだ。だからこそ、君たちの前に現れたのさ」

「なるほど。確かにマリーは信用してもいい子だよ」

「ははは。いざとなれば入口を閉じることも、『移動』させることもできる。さあ、気になっている疑問は解消したかい？」

全くもって、この人には敵《かな》わないな。

グラシアーノといい、ストラディといい、宿を始めると決めてから所謂《いわゆる》「やり手」の人と連続で出会っていて戸惑っている。

マリーと出会えたことが全ていい方向に導いてくれているんじゃないかって。

彼女と出会い、猫を治療して自分のヒールの特性に気が付いた。

そして彼女の導きで沢山の犬猫を治療していたら、グラシアーノと知己を得る。次は彼女の飼育していた猫を通じてストラディだ。

俺にとって彼女は幸運の女神と言っても過言ではない。

「ありがとう」と心の中でお礼を言っていたら、彼女と目が合う。

何かを感じ取った彼女は「任せてください」とばかりに両手をギュッと握りしめ、ストラディと目線を合わせようとして断念した。

彼と目線を合わすには床に顎を付けないと無理だって。

「あ、あの、わたし、ニャオーだけじゃなく、他にも猫を飼っているんです」

「あのケットたちは全て君が！　素晴らしいブリーダーだ。どうだろう。私たちコビト族に君のケットを貸し出してくれないかな？」

「貸し出す……とは？」

「一匹か二匹。私たちの足として、または狩りに使わせてくれないだろうか」

「か、狩り……ですか」

「ケットは生粋のハンターだ。ヌートリアを知っているかい？　ほら、よく巨人族の家の屋根裏なんかにいるだろう」

あ、ピンときた。

マリーの肩に手を乗せ「大丈夫だ」と微笑《ほほえ》む。

「俺たちはそれをネズミと呼んでいる。猫はネズミ捕りのために役に立つからとここに連れて来たんだ。ニャオーたちの活動範囲はどの辺りになる？　場所によっては許可できない」

「この家の中と隠れ里までの道、あとは隠れ里の中だけさ。隠れ里にはヌートリアより危険な生物はいない」

「それなら、問題ない。いずれにしろネズミ捕りはしてもらうつもりだったからね」

「そいつはありがたい。さて。ケットを借り受ける対価だが。君が宿を経営すると聞いて、それならば対価になると思ったんだ。それが、申し出た理由だよ」

「対価……？　そこは別に考えてなかったな」

「ははは。サイズが違い過ぎるからと思っているのかい。コビト族も魔法を使う。宿をやるなら訪れた客に部屋を提供するのだろう。そこで、我々コビト族が清掃を受けもとうじゃないか。二階は六部屋だ。よければ一階部分も掃除しようじゃないか」

「い、いや。コビト族にとってこのフロア全てなんて一日で終わる広さじゃないって」

「問題ない、問題ない。後でまた来る。仲間たちを連れてね。その時にお見せしようじゃないか」

そう言ってニャオーを撫《な》でたストラディは悠々と暖炉の中へ消えて行ったのだった。

「行っちゃいましたね」

「うん……」

「掃除……してくれるのでしょうか」

「そうみたい。だけど、このままじゃ掃除をしてもらっても、だよな」

少なくとも穴が開いている箇所を埋めたりとか、使えなくなった家具の修理または撤去くらいはやんないとさ。

一階部分は大広間になっているのはいいのだけど、ガラクタも多数あるし。和風に改装するなんて夢のまた夢だ。

まずお客さんを入れることができるくらいには修繕、改装をしなきゃな。

◇◇◇

二階は六部屋あり、客用の部屋が三つに寝室、書斎と物置の構成だった。

客室が三部屋あるのはありがたい。それぞれベッドが二つにテーブルと椅子と宿の調度品としてバッチリだったんだよ！

長年使われていなかったうえ、調度品が全て木製だったから使えるのか不安だったけど、多少傷んでいるくらいでそのままでも使用に問題ないほどだった。

持ってきた大工道具で軽く修理をするだけで、三部屋のベッド、テーブル、椅子を確保できそうだ。

シーツと布団カバーは持ってきたものと取り換え……完成となるはず。

ま、まだ、修理途中なのだけどね。

そんで、残り三部屋のうち寝室はマリーに使ってもらおう。最初はそれほど多くのお客さんが集まるわけじゃないから、しばらくは三部屋客室構成で行くとするか。

連日予約いっぱい状態になったら改めて考えよう。その時には従業員を雇わなきゃならなくなるかな。

嬉《うれ》しい悲鳴が来るのはいつのことか。金槌《かなづち》を握りしめ、繁盛した宿を妄想し悦に入る。

「先に全ての清掃を済ませた方がいいのではないのかね？」

「うお」

ニャオー……ではなくアメリカンショートヘアのような白黒柄の猫、マーブルに乗ったストラディが胡坐《あぐら》をかく俺を見上げている。

修理に集中していて全く気が付かなかった。

マリーは一階で残された食器類の整理をしてもらっているからここにはいない。

「家具の修理をしようと思ってたのだけど」

「家具そのものも汚れが目出つ。いちいち布で拭《ふ》いてからだと面倒だろう？　それに床も同じくだ」

「ま、まあそうなんだけど。どうせまた汚れるし」

「私たちにとっては汚れ具合なんて関係ない。まあ、部屋の外から見ていたまえ」

パチンとストラディが指を鳴らす。

すると屋根裏から歌声が響いて来た。

「仲間たちさ」

「コビト族が天井裏に？」

「そうだとも。巨人族から見えないところにいくつか拠点があるのさ。屋根裏には私たちの部屋もある」

「そうなんだ……」

「この場より余程清潔で住み心地良くなっているよ」

話はそこまでだとマーブルの上に立ったストラディが指揮者のようにダイナミックに指を動かす。

頭も激しく動いているけど三角帽子がズレてこないのが不思議だなあとぼーっと眺めていたら、変化が！

床に白い光で描かれた円形の魔法陣が出現する。その大きさは床一面を覆うほど広い。

魔法陣にグングンと文字……には見えないな。幾何学模様が描かれていきビッチリと中が詰まったところで光が上方に伸びる。

バシン。

と弾《はじ》ける音がして眩《まばゆ》いばかりの光で完全に視界が白く染まった。

「ま、眩《まぶ》し……」

ようやく目が元に戻って来たぞ。

「お、おおお」

部屋の隅から隅までピカピカになっているではないか。

修理しようとしていた家具のヒビにこびりついた埃《ほこり》まで綺麗《きれい》さっぱり消えている。

「こんなに綺麗なところに土足でいるのが憚《はばか》られるくらいだ」

「そこは問題ないさ。足裏を見てみるといい」

片目をパチリと閉じるストラディに対し、その場で腰を下ろし靴裏をしげしげと……マジかよ。

靴裏に付着した泥まで綺麗さっぱり消えているじゃないか。

「ひょっとして俺の服も？」

「君の服も清掃したかったのかい？　対象から外したよ」

「できるのか……すげえ」

「どうだい？　ケットを借り受ける対価にはなるかな？」

「もちろんだよ！　凄《すご》いのなんの」

これだけの魔法……彼らの負担にならないのかな？

無理させてしまうのも本意じゃない。猫の貸し出しなんて俺たちからしてみたら、猫の遊び相手をコビトたちが務めてくれるようなものだからさ。

元々対価なんて期待していなかった。それがこれだよ。

俺たちからも何か彼らに。

そうだ。

散乱していたボロ布の欠片《かけら》を拾い上げる。

うん。これなら丁度いい。

ボロ布はコビトの魔法で清潔で真っ白なハギレになっていた。

集中。祈り。念じろ。

そして力ある言葉を呟《つぶや》く。

「ヒール」

暖かな光が小さな布に吸い込まれていった。

「これ、ベッドのシーツか布団に使える？」

「丁度いい大きさだ。君は回復術師《ヒーラー》か何かだったのかい？」

「うん。そんなところ。『元』だけどね」

「ありがたい。疲労回復によさそうだ」

この場はそんな感じで終わったのだが、翌日になって血相を変えたストラディがやって来ることをこの時の俺はまだ知らない。

「エリックさんー！」

「ありがとう、ストラディ」

彼にお礼を言ってから俺を呼ぶマリーの下へ向かう。

一階ではマリーがキッチン周りの整理をしていたところだった。

積み上げられた食器は割れ物と無事な物に分けられてキッチンテーブルの上に置かれている。

結構な量の食器が残っていたんだな。

「何か気になることがあったの？」

「エリックさん、これ！」

声をかけるとしゃがんでいて見えなかったマリーが立ち上がって顔を出す。

「ん、お。フライパンとかもあったのか」

「お鍋《なべ》もありました。い、いいえ。そこじゃなくて！　これ、見てください！」

ん。どうしたんだろ。

頬を紅潮させて。よっぽどの物があったのかな？

コンロ台には何も残されていない。お引越しの際に持てる物は持って出ただろうし、その辺を見越してこちらも持ってきやすい生活必需品は持ってきている。

火を起こすのに火炎石を使った魔道具は必須《ひっす》だよな。ここでお客さんに料理を出すわけだから。

俺たちだけだったら薪や炭で十分なんだけどね。

待ちきれなくなったマリーがテーブルを回り込んできて俺の腕を引く。

キッチン奥には巨大な箱。食品ストック用の箱かな。

横1メートル半、奥行き80センチほど、高さが1メートルほどの長方形の箱で、上側がスライド式で開くようだった。

ふむ。開けてみたら、ずっと使われていなかった割にはスムーズに開く。

え、え、ええええ。

「これ、保冷の魔道具？」

「そうなんです！　保冷庫です！　魔力切れになっていますが、このオパール見てください」

「お、おお。オパールが十個もついている。さすが保冷庫」

「そのままにして持って行かなかったんですね」

「大きいから運ぶ方がお金がかかりそうだよ。オパールを剥《は》がしてもこの保冷庫用だと流用できないのかもな」

「そういうものなんですね」

「いや、詳しくないから分からないけど……それにしても保冷庫か。パーツを仕入れて組み立てようと思っていたから助かる」

結構なお値段がするし。一応、グラシアーノに頼んではいたけど……すぐには無理だと思っていた。

多少の蓄えは残しておきたかったからね。

さて、保冷庫があった。しかし、動くかどうかはまだ分からない。

保冷庫は電化製品の冷蔵庫と似たようなものであるが、仕組みはまるで異なる。

庫内の温度を一定に保つところは同じ。

電気と冷媒によって冷える冷蔵庫に対し、保冷庫はオパールに魔力を溜《た》め庫内に簡易的な結界を張る。結界はフィールドと呼ばれていたりもするな。確か。

詳しい仕組みは分からない。

装着されているオパール全てに魔力を注げば丸一日冷却効果が維持される、とだけ覚えておけばいい。

電気と異なり繋《つな》ぎっぱなしで動き続けるものじゃないのが注意点だな。

「俺が魔力を注ぐよ」

「半分は私がやります！」

「大丈夫？　俺はこれでも一応魔法職をやっていたから」

「やらせてください！　魔力を注ぐくらいでしたら問題ありません！」

この世界の人たちは大なり小なり魔力を持っている。

オパールに魔力を注ぐくらいなら、小さな子供はともかく誰でも問題ない。

ブウン。

唸《うな》りをあげて庫内が冷え始めた！

「動いた！」

「はい！」

問題ないと思っていたけど、魔力を注いだ後のマリーは疲労が顔に出ていたので「今後は俺がやる」と押し切った。

彼女としては少しでも協力したかった想いからか少しへこんでいたが、やってもらわなきゃならないことはわんさかあるんだ、と次から次にやらないといけないことを列挙し始めたら今度は逆に「あわあわ」と目を白黒させていた。

列挙しながら俺も気が遠くなっていったのは秘密である。

第二章　初めての来客

早いもので廃村に到着してから早一か月が経《た》とうとしていた。

いろいろ準備を整えるのに時間がかかってしまったが、開店まであと少しと言ったところ。

えらく時間がかかっているじゃないかって？

そうなんだよ。ここには何もない。食べ物だって野山で山菜や野イチゴを採集し、獲物を狩らねばならないのだ。

幸いなのは保冷庫があったこと。

肉を保管しておけるのが大きい。

小さな畑と厩舎《きゅうしゃ》も作った。厩舎と呼んでいいのか微妙なところだが……ただの柵《さく》じゃないかと言われそう。

ここにはグラシアーノが連れてきてくれたヤギを三頭飼育している。よく連れてこられたものだ……ヤギは家畜の中でボーボー鳥の次に安価だ。

草を根っこまで食べてしまうことがあるところが注意点であるものの、飼育しやすく環境の変化にも強い。

乳も採れるから、貴重な乳製品だって作ることができて食材のバリエーションを増やすことに貢献してくれる。

食材の確保をしつつなので、中々進まなかったが温泉設備もようやく目途がついてきたぞ。

今でも温泉無しであればお客さんを入れることができるほどにまでなった。

それにしても……暖簾《のれん》と看板を掲げていたというのに誰一人訪ねてこなかったのが気になる。

日中、狩りと採集に出かけていることが多かったのが原因かもしれない。

冒険者の姿は採集の帰りにチラリと見かけることはあったんだけど、ずっと中に籠《こも》って作業をしていたからなあ。

そろそろ彼らと交流したいところだ。

と今日も今日とて鹿を狩り、戻ってくるときに廃村の元広場らしきところを通ることにした。

俺の宿はどうも冒険者が立ち寄るには不便な場所にあるのかなと思って。宿付近まで冒険者が来ることが無かった気がしてさ。

お、おお。

まだ日が暮れる前だと言うのに早々に野営の準備をしている冒険者がいる。

二人パーティで片方が戦士風でもう一人は軽装備だった。軽装備はスカウトとかアーチャー辺りかな？

「夜営をするなら少し離れたところにしてもらえるか？」

戦士風の方から突然声をかけられた。

冒険者二人はこちらを警戒しているようで、わざわざ立ち上がって武器に手を添えている。

戦士風は大剣で。軽装備は弓だな。

「夜営はしない。ここに住んでいるから家がある」

「こんなところに？　冒険者同士、詮索《せんさく》し合うのは控えたい。だが……」

「本当なんだって。何なら見に来る？」

「信じられん。捕らえてどうこうしようという魂胆が見え見えだ」

あ、そういうことか。やっと理解した。

冒険者二人はどちらも若い女性だったからか。

警戒するのは当たり前。冒険者同士なら襲い掛かったりなんてことはしないが、誰も見ていないとなると……警戒するに越したことはない。

彼女らはたった二人のパーティなのだから。男を近寄らせないに越したことはないだろう。

「う、うーん。そうだな。鹿を抱えて帰っている俺が冒険者に見えるか……と言っても信じられないか。少し待っててくれ」

「近寄らなければこちらも追いはしない」

「ふっ」と鼻を鳴らし、女戦士が腰を下ろす。もう一人は警戒を解かず矢を番《つが》えようとまでしている。

俺だから警戒されているんだろ？

だったら――。

「あ、あの、エリックさん。一体どうすれば……」

二人の下へマリーを連れてきたわけだが、彼女は猫耳をペタンとさせて困った様子。

ま、まあ。さすがに無茶ぶりが過ぎたな。

「エリックと言ったか。本当にここに住んでいるんだな」

これまで警戒を緩めなかった二人だったが、マリーを見たことからか途端に空気が緩む。

俺が男で冒険者風の装備をしていたから警戒されたと思って、彼女を連れてきたのが正解だったようだ。

「あっちの一番奥の廃屋を改装してね」

「一番奥……石造りの屋敷か？」

「そうだけど？　あの家が一番頑丈そうで、傷みも少なかったんだ」

「本気であの屋敷に……その顔。何も知らないのか？　それとも知っていて屋敷に住んでいる猛者なのか。いや、そこのええと」

女戦士が目を向けるとすぐにマリーが自分の名を名乗る。

「マリアンナです。マリーと呼んでください」

「マリーはとてもじゃないが、戦いができそうに見えない。君がここに住んでいるという話も信じられなくはない。だが、よりによってあの屋敷に？　彼女と？」

俺たちの宿は曰《いわ》く付きの物件だったのか？

それで誰も近寄ろうとしなかった……？

わ、分からん。この一か月、特に何も問題はなかったが、一体何があるってんだろうか。

首を傾《かし》げていると、今度は弓を持った女性が初めて口を開く。

「エリックくん。あの家、『出る』と専らの噂《うわさ》よ。夜にガサガサと何かが動いて、屋内を探しても何もいないいんだって」

「あ、ああ、そういうことか。全く問題ないって」

幽霊屋敷って噂が立っていたのね。それで誰も近寄ってこなかったのか。

改装する前でもあの家は寝泊まりするには全く問題なかった。野営するより余程快適に過ごせる。

それなのに、誰も来ないなんておかしいと思ってたんだよ。

ついて来てくれと手を動かすと、顔を見合わせた二人が頷《うなず》き合う。

ところが、女戦士が一歩進んだ時、彼女の顔が一瞬だが曇った気がした。

「足を怪我《けが》しているのか？」

「だから動きたくなかったんだ」

「打ち身か捻挫《ねんざ》ってところか？」

「いや、ヒビが入っているかもしれん」

「それなら丁度いい」

「丁度いい……？」

女戦士の顔が剣呑《けんのん》なものに変わる。

だから、そういう意味じゃないって言ってるだろうに。百歩譲って俺がどうこうしようとしたとしても、マリーを確保してしまえばおしまいだろうが。

警戒するに越したことはないが、どうにもやり辛《づら》い。

「来れば分かる」

「ど、どうぞ！」

マリーが精一杯の笑顔を作ろうとしたが、女戦士の雰囲気に気圧《けお》されている様子。

猫耳と尻尾《しっぽ》が萎縮していることを物語っている。

「あそこだ」

敢《あ》えて看板を指さした。

「宿屋『月見草』」

うん、目立つ、目立つ。

宣伝文句もちゃんと読めるだろ。ふふ。

「『一泊すると全快する宿』……」

「エリックくん。ちょっと誇大広告過ぎるんじゃない？」

宣伝文句を読み上げた女戦士につれのアーチャーが続く。

「騙《だま》されたと思って泊まってみると分かるよ。元々どれくらい休息するつもりだったんだ？」

「そうだな。少なくとも二晩くらいは騙し騙しで行くつもりだった。万が一の時は虎の子を使う」

「ポーションを持ってるのか。まあ、冒険者なら一個は持っているか」

「そうだな。いざとなれば躊躇《ちゅうちょ》なく使う。しかし、今ではない」

気持ちは痛いほど分かる。

ポーションは結構なお値段がするからな。販売しているのは教会ではないが、教会が噛《か》んでいてぼったくり価格なのだもの。

それでも回復役がいないパーティにとっては命綱だ。骨折くらいまでなら一瞬で治療できるから。

ただし、使用期限があるのが難点だ。もって一か月半ってところ。期限を過ぎると擦り傷でやっとこさ治療できるくらいまで効果が弱まる。

本人曰く骨にヒビが入るほどの怪我なら、使うべきだとは思う。使用期限もあることだしな。

ただ、一口にヒビと言ってもいろいろあるからなあ。痛むが走ることができる程度ならしばらく休んでから帰路につくかもしれん。

この世界の人たちは地球の人間より自己治癒力が強い。ヒビの程度にもよるが、軽傷なら三日くらいで何とかなる。

「なら、一泊だけでも泊まって行ってくれよ。まだ設備が十分じゃないので半値でいいからさ」

「安全性はどうだ？」

「ここで一か月過ごしているが、誰も訪れたことがない。理由はさっきようやく分かった」

「そっちは心配ないんだろうか？」

夜に警戒せずに寝ることができるだけでも悪くないだろ？

彼女らは半信半疑だろうし、こちらも温浴施設がまだと十分なサービスを行えない。

なので、半額なら妥当かなって。

それにしても、そっちってなんだろ。あ。分かった。

「幽霊か？　問題ない。そんなものは噂だけだ」

「本当だろうな」

「はは～ん、怖いんだな。心配するな。万が一、幽霊が出たら俺が何とかしてやるよ」

「怖くなどない。ただ、テレーズが心配なだけだ」

肩を震わせて声を荒らげる女戦士だったが、仲間のアーチャー――テレーズはどこ吹く風。

誰が怖がってるんだか、一目瞭然《いちもくりようぜん》なんだけどここは何も言わないでおくとしよう。

「ど、どうぞ」

微妙な空気が流れる中、マリーが宿の扉を開く。

すると、主人の帰りを待っていた猫たちが身重だった猫以外一斉に扉口に出て来る。

「にゃ～ん」

「ライザ、ここに泊まろう。泊まるべき」

白黒のマーブルの前でしゃがみ込んだテレーズは、引き締まった顔が途端にデレデレになっていた。

見つめられたマーブルはお座りしたままじっとテレーズを見上げている。

「仕方ない。テレーズがそう言うなら……」

マーブルから視線を外さないテレーズに向けてあっさりと折れるライザであった。

一方のテレーズといえば、マーブルにすりすりされてご満悦の様子である。

コビトのストラディといい、猫パワーすげえな。

マリーと仲良くなったのも猫がきっかけだったし、全ての道は猫に通ず……それは言い過ぎか。

きっかけは猫とはいえ、「一泊すると全快する宿」が誇大広告でも嘘でもないってことを証明してみせよう。

宿泊さえしてくれればこっちのものだ。

「料金だけど、素泊まり半額で一人40ゴルダだ。分かってる。こんな場末の宿で40ゴルダでも高い、と思うことは」

二人が不満を口にする前に機先を制し、手を前にやり、続ける。

「もし、ライザの怪我が治らなかった場合、お代は要らない」

「面白い。この足がすっかり良くなるのなら、半額とは言わず80ゴルダ支払おう。それでも安過ぎるくらいだ」

80ゴルダならポーション一本より安いからな。

ポーションの相場はだいたい120~150ゴルダくらい。二人分の宿泊費には届かないけど、そこは宿泊代ってことで。

「マリー。二人を部屋に案内してもらえるか？」

「はい！　どうぞ。ライザさん、テレーズさん！　お部屋は全て二人部屋になっています！」

ペコリと二人に向けお辞儀をしたマリーはパタパタと彼女らを案内する。

三人が二階にあがるのを横目に、俺は俺で準備を進めるとしよう。

包帯にヒールをかけ、水桶《みずおけ》とタオルを……全部は一度じゃ持てないな。

包帯はライザのみに、水桶とタオルは二人分だ。

二度に分けて部屋の前まで持って行って、後はマリーに任せるとしよう。

ノゾキ。ダメ。絶対。


「いやあ。開店前にお客さんが入るなんてラッキーだったな」

「はい！」

「骨にヒビが入ったくらいだったら、問題ない」

「ですね！　エリックさんの魔法に驚きますよ！　きっと！」

なんて夕食をとりつつマリーと楽しく会話していたら、バタバタと階段を降りて来る音が響く。

やって来たのは血相を変えたライザだった。遅れてのんびりとした様子のテレーズが続く。

「痛みがすっかり取れた。跳ねても何ともない」

「良かったな。ちゃんと売り文句通りだっただろ？」

「一体全体どういう仕組みなんだ！」

「時間をかけてじわじわと治療する仕組みなんだ。詳しくは企業秘密」

「詮索はしない。それが冒険者のルールだからな。私は単に君に礼を述べたかっただけだ。感謝する。……名前も聞いてなかったな」

「エリックだ。今後ともごひいきにしてくれたら嬉《うれ》しい。ベッドで眠ると疲労もすっかり回復するよ」

「そうさせてもらう。改めて感謝する。エリック」

宿に案内する前に名乗ってた気がしたけど勘違いだったかな、と思いつつそのようなことはおくびにも出さずに再度名乗る。

包帯を巻いてから一時間とちょっとくらいか。

骨折までいっていなかったらそんなもんだよな。


翌朝、すっかり元気になった二人はそれぞれ80ゴルダを置いていってくれた。

それだけじゃなく、その日の夕方にイノシシを丸ごと一頭持ってきてくれたのだ。

そのままもう一泊するという二人に対し、宿泊費を差し引いてイノシシの代金を払おうとし……すったもんだあった後に宿泊費の代わりにイノシシを受け取ることになった。

こうして、宿屋「月見草」の初のお客さん対応は大成功に終わる。

まだ開店していないから初のお客さんと言っていいのか微妙なところではあるが……。

彼女らの来店と大やけどを負った旧友のゴンザがライザに連れて来られて回復したことがきっかけとなり、ぽつぽつと宿屋「月見草」に冒険者が訪れるようになって来たんだ。

◇◇◇

「エリックくんー。湯の出が少し悪い気がしていて」

「もちろん女湯だよな。マリーは……食事の準備中だし。ちっとばかし待っててくれると」

昔のことを思い出し、ボーっとしていて軽装のアーチャーことテレーズの俺を呼ぶ声が耳に届いていなかった。

スキンヘッドの包帯は巻き終わったし、ゴンザと共に食事が出来上がるのを今か今かと待っている。

ゴンザが来て、最初の客であったテレーズとライザも続けて訪れたからついつい昔のことを思い出してしまっていたよ。

まだこの廃村に来てから半年も経っていないんだけど、随分昔のことのように思える。

「待ってて」と言ったのだが、テレーズはその場から動こうとせず口元に人差し指を当てニコリと微笑《ほほえ》む。

「今日は私とライザだけだから、入っても大丈夫なんじゃない？」

「ライザは？」

「まだ部屋にいるわ」

「んじゃ、行くか。客であるテレーズに頼むのは悪いのだけど、どんな感じか教えてもらえるか？」

コクリと頷くテレーズ。

俺はそんな彼女の仕草と態度に違和感を覚えるべきだったのだ……。

「な、な、な。エリック！」

「ご、ごめん！」

女湯に行ったらライザが岩風呂《いわぶろ》につかって寛《くつろ》いでいたじゃないか！

幸い後ろ姿だったからまだよかったものの、宿主が客のノゾキをしてしまうとは何たること。

「あははは！　いいじゃないのー。ライザ。別に減るもんじゃないし」

「テレ――――ズ！」

ライザの低すぎる声にさすがのテレーズもタラリと冷や汗を流す。

ポンと彼女の背中を押して、そそくさと退散する俺であった。

お約束と言えばお約束だけど、ノゾキ。ダメ。絶対。

こんなんじゃ、マリーに示しが付かないじゃないか……しかし、普段男っぽい口調のライザであったがうなじが妙に色っぽいなと思ったのは俺だけの秘密である。

あ、女湯からライザの叫び声がまだ聞こえてきているな。

テレーズはこの後こってりと絞られるのだろう。


「騒ぎになっていたようですけど……」

「ちょっとしたテレーズのいたずらだよ」

「お仕事は落ち着きましたか？」

「まあ、いち段落だな」

「シチュー温めました。エリックさん」

「じゃあ、マリーも一緒に食べよう」

ヤギの乳で作っているので少し癖がある。街に行けば牛乳で作ったシチューを食べることもできるけど、ヤギの乳より高価だ。

いずれ牛を飼育したいなあ、なんてね。

牛はヤギに比べて飼育コストが高い。手間もかかる。

あ、そうだ。

旅館と言えば部屋のお茶菓子。とはいえ、砂糖は高級品だ。

甘味となるとフルーツかなあ。でも和風にならないよな。カットフルーツとかを出しても。

今のところ、ブドウやベリーなら植え替えて宿屋の近くで取れるようになっている。

あ。そうだ。いいものがあるじゃないか。

明日、山に行こうっと。

そんな折、日に焼けた小麦色の肌を未《いま》だに赤く染めお怒りの様子のライザと頭頂部を両手で押さえるテレーズが顔を出す。

「さっきはごめん」

「いや、君に落ち度はない。このバカ娘が全て悪い」

俺の謝罪に対し首を振ったライザがゴツンと殴る仕草をすると、テレーズが両目を瞑《つぶ》り「だからごめんってばあ」と返した。

しかし、俺だけに見えるように舌を出す彼女は懲りてない。絶対にまたやるぞ、こいつ。

俺を巻き込むことは止《や》めて頂きたい。

「お水ですか」

「頼む」

すぐに用件を察するマリーを見習わねば。よくよく見てみると、ライザが空になった水桶を持っているじゃないか。

この水桶は蓋《ふた》ができるようになっていて、ポットのように水を入れて飲むことができるんだ。

陶器の物の方が一般的なのだが、割れるし、何より「和」ぽいのでこっちにしたんだよ。竹だったらもっと雰囲気が出たのだけど、残念ながら今のところ竹をまだ見つけていない。

どっかに自生してそうなんだけどな。

「そう言えば」

「じろじろ見て……エッチなんだから。痛っ！」

すかさずテレーズの頭をパシンと平手で叩《たた》くライザ。

加減しているだろうから、あまり痛くはないだろうけど、テレーズが大袈裟《おおげさ》に痛がる仕草をする。

「エリック。テレーズのことは放っておいていい。どうした？」

「二人とも怪我している様子もないな、と思ったんだよ」

選手交代。ライザから尋ねられ、素直に思ったことを彼女に伝えた。

彼女は「ふむ」と自分の体に触れ、テレーズをチラリと見た後応じる。

「そうだな。今回は二人とも擦り傷がある程度だ」

「そっか。ありがとうな！」

突然の感謝の気持ちにライザがきょとんとしてしまった。

そうだよ。そうなんだよ。

宿に泊まれば全快する。だからこそ、冒険者が野営に利用している廃村ならば客が入ると思った。

だが、回復することはあくまで宿屋「月見草」の「売り」の一つである。

俺は宿の主人であって、回復所を経営しているわけじゃない。

確かに今のところは「ボロ宿」と言われても仕方ないよな。

だけど、宿だということを忘れちゃあいけない。こうして、怪我の治療以外で宿に泊まろうとしてくれる客がいる。

回復以外に宿としての魅力を作っていかなきゃ、な。

これまでも、パーティで訪れる者はゴンザを始めとして何組もいた。だけど、全員が怪我をしていたわけじゃないだろ。

それでもちゃんと料金を払ってくれていた。

初心忘るべからず。

コンセプトは転生者である俺しか知り得ない「和風」の宿屋だ。

ここでしか味わえない快適な癒しの宿。もう一度泊まりたいと思ってもらえる宿。そういう宿を目指す。

もちろん、「回復すること」が一番の売りであることは変わらないがね。

「何だ急に？　こちらこそだ。ここに宿があることは私たちにとって喜ばしい。冒険者が集まる場所は別の意味で警戒が必要だ。ゆっくりと休息を取ることができるのなら、安いものだ」

「そうだ。エールを仕入れてさ。味見がてらに飲んでみないか？　もちろん、お金は要らない。まだお客さんに出せるか試してないから」

「ありがたく頂こう。テレーズはダメだ」

ぴしゃりと否定されたテレーズがこの世の終わりのような顔になった。

「な、何でぇ」

「街ならいいが、ここで酔われると私が困る」

悲愴《ひそう》な声で抗議するも、ライザは聞き入れる様子はない。

きっとテレーズの酒癖が悪いのだろうな。もしくは飲むと翌日酒が抜けなくて行動不能になるとか、その辺かも。

「飲んだ後、アルコールが抜ければいいのか？」

「テレーズは酔っ払うと脱ぐのは別に構わないのだが、必ず二日酔いになるんだ」

「それなら。飲んだ後にベッドで休めば回復するよ」

「そうだった。それなら二人分頂こう」

「うん。ただ、テレーズを部屋から出さないように頼むよ」

「了解した」

瓶に入ったエールをケースごと渡そうとして、思いとどまる。

ケースには一リットルくらいの瓶が五本入っていた。冒険者の二人なら軽々持てるだろうけど、ルームサービス的に俺が運ぶとしよう。

と思ったのだが、運ぼうとしたらライザから「特に重いものでもない。それに君より私の方が力があると思う。何しろ私は戦士だからね」なんて言われて彼女が軽々と持って行ってしまった。ま、まあ五キロくらいだし、片手で余裕だよな。うん。

朝のチェックアウト時間は特に決めていない。しかし、冒険者の朝は早いのだ。

遅い者でも朝の陽射《ひざ》しが強くなる前には出発する。日が出ている間が勝負だから、時間が惜しい。

帰還の時はゆっくりめの時もあるけど、出発が遅れると当然ながら、その分暗くなるまでの時間が短くなる。

まあ、そんなわけで、俺とマリーも朝日と共に目覚めて、俺は朝食の準備。マリーは表の掃除を行う。

客室その他、屋内の清掃は全てコビト族にお任せだ。おかげさまでいつもピッカピカなんだぜ。

外壁は「宿の外」になるので、コビト族の清掃を行うことができず、お世辞にも綺麗《きれい》だとは言えない。

壁を布で擦《こす》るわけにもいかないし、叩《はた》いて塵《ちり》を落とすくらいしかできていないんだよな。それでも、最初の頃に比べれば雲泥の差だけどね。

「ふんふんふんー」

鼻歌交じりに燻製《くんせい》にしたイノシシの肉を焼いていたら、入口の扉が開く。

お、マリーはもう外の掃き掃除が終わったのかな？

「やあ。少しぶりだね」

「グラシアーノさん！　来てたのか？」

「さっき到着したところだよ。今日は君に紹介したい者がいてね」

マリーと共に現れたのはノームのグラシアーノ。彼は細工店を兄弟と経営していて、冒険者からの仕入れついでに俺にも何かと世話を焼いてくれている。

昨日ライザたちに試してもらったエールも彼から仕入れたものだ。

彼に手招きされて中に入って来たのは彼と同じノームだった。マリーと俺の間くらいの年齢に見える少年と青年の間くらいといった男だったが、ノームだから俺と同じくらいの年齢だろうか。

ぼさぼさの浅黄色の髪が目の下まで覆っており、冴《さ》えない朴訥《ぼくとつ》な青年という感じの人だった。

「ポラリスです。ジャンピエール工房で働いていました」

「ジャンピエール？　あ、ああ。グラシアーノさんのお店か。エリックです。よろしく」

ポラリスと握手をしたところで、ふと気が付く。

「働いている」ではなく「働いていた」と言ったよな。

「僕はジャンピエール工房で修業をさせていただく前にはドワーフの親方の工房にいたんです」

「ん、んん」

「正直、鍛冶《かじ》の腕も細工の腕も一流ではありません。ですが、両方それなりにこなせます」

「へえ。そいつは重宝される」

「そうでもありません。街には鍛冶屋も細工屋もあります」

「街なら、そうだろうな。だけど、村となると話が異なる」

「はい！　ですが村に、となりますと開業に結構なお金がかかるんです。他にも何かと問題が」

「そうなんだ。世知辛い。村だって鍛冶師や細工師が居てくれたら嬉《うれ》しいだろうに」

「大抵の村にはどちらかは居るんですよ」

「そんなもんかあ。確かにそうだよな。村人も新しい道具を買うことはともかく、修理ができないと困るよな」

「そんなわけで、エリックさん。今後ともよろしくお願いします！」

再び握手を求められ、彼の手を握ったもののイマイチ状況が把握できない。

首を傾げる俺に対し、グラシアーノが苦笑する。

「ポラリスは言葉足らずなところがあってね。彼は君の宿がある廃村に店を開こうとうちの店を辞めたんだ」

「お、そうなのか！　大歓迎だよ！」

「君の宿もあり、ここは冒険者の拠点として益々《ますます》発展していく。冒険者相手なら武器の修理もここでできるとなると相乗効果を生むだろう？」

「間違いない。……なるほど。グラシアーノさんは抜け目ないな」

「ははは。私のためでもあるから、二人には今後とも協力を惜しまないよ」

怪我をしても宿で回復できる。道具や武器はポラリスのところで修理ができる。

そうなると、冒険者たちは街に戻ることなく元鉱山ダンジョンに挑み続けることができるようになるだろ。

だったら、ここへ定期的に足を運び冒険者から素材を買い取るグラシアーノにとっても大きな利益になる。

その時は冒険者たちが不足する物資を持って廃村まで来れば行きも帰りも稼ぐことができるって寸法だ。

素材の買い取りがメインだから、冒険者用の物資は街と変わらぬ価格で売るのかな？　そうすれば、冒険者から喜ばれて、素材も買い取りやすくなるだろ。

彼ならきっとそうする。

誰も損をしない素晴らしい物流の仕組みが完成ってわけか。

「工房を作るのは中々大変だと思う。人手が必要な時には言ってくれ。宿の仕事の合間合間に手伝うよ」

「ありがとうございます！　ですがきっと、使われていない炉はあると思います。廃屋の修繕はグラシアーノさんにも手伝ってもらうようにお願いしています」

「君の手を煩わせないようには考えているよ。まずは最低限の準備をするつもりさ。鍛冶と細工の道具は持ってきている」

さすがグラシアーノ。抜け目ない。

俺は開店の報告を待ってればいいかな。

宿泊している冒険者たちがチェックアウトした後は、山へ繰り出す。マリーには宿で食材の処理や畑の手入れをお願いした。

ギリギリギリ。

弓を引き絞り、矢を放つ。

バサバサと飛び立った野鳥に見事矢が突き刺さり、今晩の肉が獲《と》れた。

あとは、山菜や木の実を採集して……ようやく探索することができる。

探し物がある場所は目途が付いているから、移動するだけだ。少し遠いのが難点だよなあ。

背負子《しょいこ》に大きな籠《かご》を固定して背負っているので、まだまだ荷物を積める。

さあて。行くとするか。

「あった、あった。これこれ」

トゲトゲの丸いものがそこかしこに転がっている。

このトゲトゲはイガと言うんだって。

イガを引っ張って割くと茶色の硬い果実が露出する。

「たぶん。栗《くり》だと思うんだよなこれ」

季節は秋じゃないけど、見た目は栗そのものだ。

見た目そっくりで全くの別物の可能性もあるから、口にする時は注意しないとな。

ひたすらイガを剥《は》いで、栗をどんどん籠に入れていく。

野鳥や山菜、木の実で半分以上籠が埋まっていたので、それほど採集することはできなかったけどそれでも五キロ以上の栗を採集できたはずだ。

目的を達成した俺は、どこかに竹がないかなあとキョロキョロしつつ宿に帰還した。


水につけて干しておいた栗を湯がき、ザルにあげて冷ます。

その間に小麦粉をこねて放置しておく。

「これ、食べられるんですか?」

「まだ分からない。だから、これだ」

水桶《みずおけ》一杯に入った水を指さすと、マリーは苦い顔をする。

体調に支障をきたしたらすぐに水を飲む。

ただの水ではないぞ。

集中。祈り。念じろ。

「ヒール」

水桶に暖かな光が吸い込まれていく。

これで良し。俺のヒールは回復効果が低く持続力が高い。

それでも、ヒールの効果はじわじわと減衰していくんだ。なので、ギリギリにヒールをかける方が良い。

栗の硬い皮を剥がして、いよいよ実食タイムー。

「じゃあ。食べてみる」

「だ、大丈夫なんですか……」

「もぐ」

「そ、そんな一気に！　少し齧《かじ》るだけの方が……」

「うまい。思った以上に甘い！　これは想像以上だ」

後からお腹《なか》が痛くなるかもしれないけど……。

「わたしも食べちゃっていいですか……？」

「即効性の毒はなさそうだ。まあ、たぶん。大丈夫」

「う、ううう」

迷いながらも結局栗を口に運ぶマリーであった。

もぐもぐと口を動かし、彼女の顔がぱあああっと明るくなる。

「おいしいです！　とても甘くて！」

「うんうん。こいつをこねた小麦粉に混ぜ、蒸してみたい」

「甘くておいしい蒸しパンができそうですね！」

「だろ」

団子のつもりだったけど、確かに蒸しパン風になるかもしれない。

水分量を調整すれば団子ぽくもなるのかな？

一旦《いったん》、適当に水を混ぜてこねた小麦粉にパン種を入れて試してみるとしよう。

蒸しあがるのが楽しみだ！

そんなわけで、宿屋「月見草」のお茶菓子第一号が完成した。

各部屋にお茶菓子を置く計画が実行できそうだ。あ。お茶菓子につける飲み物を考えてなかった。

しばらくお客さんには水で我慢してもらおう……。

スキンヘッドは完全に怪我が癒えたら宿に来た時の辛《つら》そうな様子はどこへやら、元気に相棒のゴンザと共に鉱山ダンジョンへ意気揚々と旅立って行った。

そして、今晩も我が宿で泊まってくれるそうだ。

二人とも少々の擦り傷があった程度だったんだけど、温泉が気に入ってくれたみたいで治療目的じゃないとのこと。

ライザたちと同じで治療以外のところでも気に入ってくれて常連となってくれることは、この上なく嬉しい。

宿そのものをパワーアップさせるには、食事と宿の設備だよな。

今はボロ宿と言われても事実だけに何も言い返せない。冒険者だけでは宿泊客にも限界がある。

毎日満員御礼とするには、街からの宿泊客を獲得しなければならない……よな？

冒険者は比較的外観や部屋の設備にうるさくないけど、街の人となると話は異なる。

想像してみてくれ。観光名所も無く、宿だけを楽しみに泊まりに来たとして、外観がボロ宿だったらそこで回れ右になるだろ？

外観と内装、そして、部屋……と満足してもらわないとその先もない。

治療のために街から「月見草」へ訪れる宿泊客も、今後出て来る。冒険者と同じできっかけは怪我の治療となるだろう。

だけど、街で暮らしていて何度も怪我して……とは考え辛い。

まあ、何が言いたいかと言うと、怪我の治療だけに胡坐《あぐら》をかいていては経営が行き詰まるってことさ。

「めえええ」

「めえええ」

お、おっと。そっちに行ったらダメだぞ。

トコトコと柵《さく》の外に出ようとしていたヤギたちを宿の方へ追い立てる。柵といってもほんの一部しか囲えてない。

俺かマリーが見ていない時はヤギたちを紐《ひも》で繋《つな》ぎっぱなしにしているが、できれば日中はある程度放し飼いにしたい。

今は草を食べさせるにも運動をさせるにもずっと見ていなきゃいけないからなあ。

宿のパワーアップをと気持ちは焦るが、食材確保その他、今の環境を維持するにも結構な時間がかかる。

だったら従業員を増やせば、というのも難しい。

「この調子で冒険者のファンを増やしていけば、そのうち、な」

スキンヘッドが栗の蒸しパンがおいしかったと言ってくれた顔を思い出しにやける。

ああ見えて、スキンヘッドは甘いモノに目が無いんだそうだ。ゴンザは酒の肴《さかな》のが好みみたいだったけどね。

カンカンカン。

木なら廃屋他に豊富にあるのだ。杭《くい》を打って、横板を釘《くぎ》で打ち付けて……とやっていたらゴンザとスキンヘッドが挨拶《あいさつ》しにきた。

「おかげでゆっくりと過ごせたぜ。一旦街に戻る」

「また栗のあれ食べにくるぜ」

「ありがとう！　またのお越しを待ってるよ」

手を止め、二人と握手を交わす。

時刻は日の出から二時間くらいかな。

宿泊客がチェックアウトしたので、今日も山へ繰り出すとしよう。マリーを連れて。


「わあ。こんなところがあったんですね！」

「結構いい小川だろ。あ。渡ろうとしない方がいい。流れが速くて足を取られる。濡《ぬ》れちゃうし」

「真ん中で太ももくらいの深さですか？」

「そんなもんかなー」

川辺でしゃがみ、手の平で水をすくう。

ゴクゴク。

「澄んだ水か……。清流沿いの食事処《どころ》……お！」

「どうされたんですか？」

「これほど綺麗《きれい》な水って人がいないところじゃないと飲めないじゃないか」

「地下の水は思い出したくありません」

街には下水道と上水道がある。遠くの川から水を引き込んでいるのだ。

特に浄水センターなんてないから、それぞれの家庭で炭などを使って浄水してから水を口にしている。

ここではそのような必要はない。

「は、はくしゅん！」

「だ、大丈夫ですか！」

「う、うん。マリーも気を付けろ」

「くしゅん」

鼻がムズムズする。

細かい綿毛か何かが鼻に入ったらしい。

ふむ。確かに水辺にも水中にも様々な植物が繁茂している。

綿毛は何だったんだろう。タンポポかな。

水辺のは葦《あし》？　葦って確か編むことによって籠を作ったりできるんだっけ。

一本ナイフで切って手に取ってみる。

この香り、何だか懐かしい。

「イグサかもしれない。葦でもいいのだけど、これなら編むことができそうだ」

「茎で作る冠みたいなものですか?」

「そそ。すぐには使えないと思う。乾燥させてから加工しようか。一つ考えがあるんだ」

「楽しみです!」

考えていたものと違うものが見つかった。これはこれでいい感じだ。

うまく加工できるのかは別問題である。

ポラリスに相談してみようかな。彼なら器用に作ってくれそうだけど、やり方を教えてもらうに留《とど》めた方がいいかもなあ。

バッサバッサと葦かイグサらしき茎を刈り取っていたら、水中で足を取られる。葦だけに足ってな。寒いからこれ以上はよしておこう……。

黒っぽい何かで足を滑らせたらしい。

ん。これも何処《どこ》かで見たような植物だな。でも、海にあるもので川の中になんて聞いたことが無い。

地球では、と注釈がつくが……。

ここは別世界であるからして、川の中にあっても何ら不思議ではない。

似て非なる植物の可能性もある。半々くらいかなあ。これまでの経験では見た目がそっくりのものは、地球と同じようなものだった。

果実にしても芋類にしても、だ。

試してみる価値はあるな。

「こいつも持って帰ろう」

「その黒っぽいものですか。少しヌメヌメしてますね」

「俺の背負子に少しだけ積んで帰るよ」

「はい！　あと、来る途中でキノコを見かけました。採集してもよいでしょうか」

「キノコは毒を持つものも結構あるからな……冒険者時代の知識で対応できそうなものだけとって帰ろうか」

そんなわけで色々採集して戻って来た。

荷物が増えたのであまり持って帰って来れなかったけど、清水もちゃんと採水してきたぞ。

帰ったら、一通りやることを済ませてキッチンに立つ。

準備したるは小麦粉と川の水こと清水である。

手持ちの一番大きなボウルに小麦粉を入れ、清水を注ぐ。

後はこねるのみ！　本当はそば粉が良かったけど、残念ながら街でもそば粉を入手することができないのだ。米も同じくである。

米を想像したら食べたくなってきたじゃないか！

いかんいかん。無心でこねる、こねるのだ。

「よっし。確か伸ばして畳んで……を繰り返すんだったな」

その後は折り畳んだ生地を切る。

これでうどんの生麺の完成だ！

出汁《だし》の方はどうかなあ……。

ぐつぐつと茹《ゆ》でたお鍋《なべ》に入っているのは川底でとれた黒い物体。

さてさて。

ちょびっと味見してみた。

お。悪くない。ちゃんと味が出ているじゃないか。

「間違いなく昆布だ。もっと煮詰めるとするか」

意気揚々と更なる黒い物体こと昆布を鍋に投入する俺なのであった。

◇◇◇

「ふんふんふんー」

うどんもどきを初めて作ってから早三週間。今日も今日とて川へ洗濯に……ではなく、川で素材集めだ。肉も減って来たので、狩りもしなきゃだな。

籠《かご》には沢山のブドウと瓜《うり》が入っている。

これは俺が食べるのではなく貢物だ。

「よいしょっと」

籠からブドウと瓜を地面に転がして、昆布を集めていると来た来た。

水面が揺れ、茶色い中型の動物たちが姿を現す。

「びばば」

「ばばば」

変な鳴き声であるが、ご愛敬《あいきょう》ということで。

茶色のふさふさの毛皮を持つ二本の尖《とが》った歯としゃもじのような尻尾《しっぽ》が特徴のこの動物はビーバーもどきである。

地球のビーバーに似ているけど、鳴き声が違ったりと細かいところがいくつも異なっていた。

なのでビーバーもどきと呼んでいる。正式名称が付いているのかも知らないし、知る必要性もない。

出てきたビーバーもどきは全部で四匹。

「今日もお願いするよ」

「びば！」

報酬はブドウと瓜だ。

ビーバーたちは半分ほど果物を齧《かじ》った後に動き始める。

川から廃村に向けて木々が倒され、でこぼこしたところも無くなっていた。

そう。道ができている。廃村まで道が開通するのもあと少しと言ったところ。

ビーバーたちの後を追っていくとさっそく木々をガリガリやりつつ、大きな岩を切り出し前脚で挟んで押している。

岩を置くことで、でこぼこした地面を平らにしていく。このようにして、岩を敷き詰めた道と言うほどではないけど、岩と土交じりの平らな道が出来上がっていっていた。

恐らく今日の作業で開通まで持って行ける……と思う。

ビーバーたちは小さな体だというのに中々な力持ちで、前歯の切れ味も地球産のビーバーとは比べものにならない。

道を拓《ひら》く賢さまで備えているのだから、驚きだ。

たまたま持っていた果物を与えたら、木々を切り倒し道を作り始めたので、それ以来彼らに果物を届けている。

「これで台車を使えるようになるなあ」

それだけじゃなく、水路も作ろうと思えば作れちゃうんじゃないか。

一応廃村には井戸があるので、水には困っていない。うどんを作る時に川の水を運んでいるけど、大した量ではないし台車が使えるようになったらそれで事足りるか。

ビーバーたちにお礼を言って、鳥を三羽狩ってから宿に戻る。


「にゃーん」

「にゃーん」

「ただいまー」

宿のすぐ傍《そば》で母猫になったグルーと子猫のチョコが迎えてくれた。

チョコも随分と大きくなってきたなあ。すりすりと俺の脛《すね》に頬を擦りつける姿が可愛《かわい》くて仕方ない。

丁度その時、宿の入口扉が開く。

やって来たのは髭《ひげ》もじゃのゴンザだった。彼らに頼んでいた作業はどうなったんだろうか？

彼は目をぱちくりさせながら右手をあげ口を開く。

「お。帰ってきていたのか」

「助かったよ」

「あまり役には立ってねえけどな。その分ザルマンが頑張ってくれてたんだぜ」

「マジか。ザルマンって、器用だったんだな」

ザルマンは先日怪我をしてゴンザが宿屋に連れてきた冒険者で、現在はゴンザとパーティを組んでいるらしい。

ゴンザが大袈裟《おおげさ》に肩を竦《すく》め続ける。

「俺もビックリした。テレーズとライザはお前の期待通りだったがな」

「『期待通り』か。やっぱりな」

はははと声を上げて笑うとゴンザもつられてガハハと白い歯を見せる。

テレーズは器用そうだったものな。ライザも期待通りってことは超絶不器用だったってことか。

お裁縫道具とか速攻投げ捨てそうだもの。ライザって。

俺も人のことを揶揄《やゆ》できるほど器用じゃないけどね。

「ただいま……何、この状況……」

ノームの職人ポラリスが指導してくれているのかと思いきや、黙々とイグサを織り込む作業をしている。

彼と並ぶようにマリーが一心不乱にイグサを縫い付けた芯《しん》の枠へ布を縫い付けていた。

一方でショートカットの弓使いテレーズとスキンヘッドのザルマンがポラリスとマリーのように二人一組で作業に勤しんでいる。

冒険者たちには宿と食事を提供すると申し出ると二つ返事で作業を手伝ってくれることになった。

ポラリスには一日分の作業料を手渡している。マリーは従業員なのでこれも仕事ってことで……。

イグサを織り込み、芯に縫い付ける作業で何を作っているのかと言うと、畳である。

先日イグサを発見して（もしかしたら葦かもしれない）、乾燥させておいた。

和風の宿屋を目指そうとしている俺としては、畳を作ることができるとワクワクしてイグサを織る日を待っていたんだ。

うまくいくか分からなかったけど、先日ポラリスに相談して一枚だけ畳を作ってもらうとイメージ通りのものになった。

そこで今回は人員を増やし、一気に畳を作ってしまおうと計画したのだよ。

結果は上々。俺は何もしてないじゃないかというツッコミは甘んじて受けよう。ビーバーたちのこともあったから仕方ない。

ビーバーの道が完成すると、ポラリスも恩恵を享受できるので……。

あともう一つ、俺にはやらねばならぬことがある。

「お、戻ったのか。エリック」

「う、うん」

いい笑顔で声をかけてくるライザに向け、曖昧《あいまい》な顔で返す。

彼女の下には前衛的な何かがいくつか転がっている。彼女とゴンザが組んでいたのだろうけど、どうしようかこの芸術作品。

……よし。使用用途は決まった。

「ちょっと待っててくれ。今から作るから」

俺の発言にピクリと全員の肩が揺れ、作業が一時的に停止する。

マリーは「手伝います」とパタパタと俺の下にやって来た。

「やった！　栗蒸しまんじゅうの時間だ！」

「街の冒険者ギルドでも話題になって来てるぜ」

テレーズとザルマンが喜色を浮かべる。ポラリスもぽわーんとした顔になり、ハッとすぐ元の職人の顔に戻った。

栗蒸しまんじゅうはお茶菓子として宿泊客にサービスで出している。

栗を混ぜた蒸しパンなのだけど、まんじゅうという商品名を付け和風を装うことにしたんだ。

ともかく……ありがたいことに非常に好評で栗蒸しまんじゅうを是非とも購入したいという冒険者がチラホラといる。

暇を見ては作るようにしているのだけど、作るなりすぐに売れて品薄状態が続いていた。

専門の従業員を雇って土産物として売り出すのもアリだよな、と最近考えている。だけど、土産物が一種類だけだといずれ飽きられて立ち行かなくなるような気がしていてさ。

中々踏み切れていないんだ。廃村に来てくれる従業員を探すのも結構大変である。

観光地には土産物というのが頭にあるから、せっかくなら土産物事業として立ち上げたい。商品が充実してきたら満を持して……が理想だよな。

「マリーは『栗蒸しまんじゅう』を作ってもらっていいかな？」

「はい！　お任せください」

テキパキと動き始めるマリー。

俺は大きなボウルに小麦粉を入れて、清水を注ぎ込む作業に入った。

こねてこねてこねて。

折り畳んで切る。

麺《めん》作りもすっかり慣れてきた。生地を伸ばす用に木の棒も作ったし、道具も万全だ。

「問題は麺じゃなく汁だった」

うどんを作ったはいいが、昆布を煮詰めて塩で味を調えた汁は冒険者たちから可もなく不可もなくという評価だった。

俺的には「おいしい！」と絶賛したのだが、思い出補正も多分にある。

そもそも、和風の料理に慣れていないこの世界の人たちにおいしく食べてもらうには、味付けに工夫が必要だ。

そこで俺は日夜研究を重ねていた。

ふ、ふふ。今日こそは唸《うな》らせてやるぜ。


いい香りだ。茹で上げた麺を器に盛り、熱々の汁を注ぎ込む。

「お待たせー。順番に持ってくるから冷める前に食べてくれ」

「『うどん』か……。腹を満たすのには悪くない」

一番近くにいたライザがまず器を受け取った。

「せっかくなら栗蒸しまんじゅうをお腹いっぱい食べたかったかな」なんて言っているテレーズも手招きしてテーブルの上にトンと器を置く。

なんて感じでマリー以外の全員に配膳《はいぜん》を済ませる。

「ほい。マリーの分」

「ありがとうございます！　こちらも蒸し終わりを待つだけです」

栗蒸しまんじゅうは出すと約束しているから、ちゃんと準備したぞ。マリーが。

「おーい！　エリック。この『うどん』もう一杯欲しい」

「私も頼む」

ゴンザとライザの声。

お、おお！　これまで「おかわり」なんて出たことが無いうどんに……今回は極上の一品となったか？

「汁が残っているみたいだったら……うん。了解」

「このスープが絶品になっていたぜ。ザルマンももう一杯だってよ」

ゴンザが顎《あご》でスキンヘッドを指すと、彼は器から口を離さぬまま手をあげる。

「グッとおいしくなってます！　エリックさんの研究の賜物《たまもの》ですね」

「よかった。隠し味が功を奏したみたいだな」

マリーは猫舌なのでふーふーと冷ましてから食べていた。

一番うどんを食べている彼女からも高評価をもらい、これでうどんは完成したと確信する。

彼女はピンと尻尾を立て、興味津々の様子だ。

「隠し味？　どのようなものを？」

「ひしお……いや、ジャンの方がいいか。ジャンって聞いたことある？」

「いえ。どのようなものなのですか？」

「粘性を持つ調味料のことなのだけど、いろんなものを材料にして作ってみたんだ」

ひしおとジャンは漢字で書くと同じ「醤」となる。

醤油《しょうゆ》、豆板醤《トウバンジャン》といった感じに。

塩と昆布を煮込んだ出し汁しかない状況では味の表現にも限界がある。

そこで俺は、肉や川魚を塩漬けにしたものや、大豆や小麦を発酵させてみたもの、果物をすり潰《つぶ》したもの、など様々なものを試した。

大豆は街から仕入れたもので、グラム単価が小麦より高い。豆のスープは一般的な家庭料理で、大豆以外にもいろんな豆を混ぜ込む。

そもそも大豆は別の目的で仕入れたものだったのだけど……発酵させようとしたのも別のもののためだった。

しかし、大豆を発酵させることから穀醤《こくびしお》の考えが浮かび、果物も試してみようとなったのだ。

醤油の原料には大豆と小麦も使われているみたいだし。醤油を作ることができればベストなのだけど、素人が醤油の作り方なんて知っているわけがなく、すぐに諦《あきら》めたよ。

「調味料……ですか。他のお料理にも活《い》かせそうですね！」

「うん。今回は使ってないけど、自家製の酢なんてものもできたんだ。結構なんでも作ることができるもんだね」

「そうなんですね！」

「それと、これ。別バージョンのうどんの汁に使おうと思って」

素焼きの壺《つぼ》をよっこいせっとマリーの前に置く。

コクリと頷《うなず》くとマリーが木の蓋《ふた》を開ける。

中には赤みがかったこげ茶色の塊が入っていた。

「これは、見たことが無い調味料です」

「そのまま舐《な》めると少し辛いかも。スープくらいだったらまだ飲めるかな？」

「もちろんです！」

「よっし、じゃあ、具は……キノコと山菜でいいか」

鍋《なべ》に水を張り、赤みがかったこげ茶色の塊をスプーンですくう。

こいつは味噌《みそ》だ。日本では一～二年熟成にかかると聞いたことがあるが、異世界だからかもう熟成してきて食べごろになっている。

味は白味噌よりの合わせ味噌って感じかなあ。これも、別のものを作ろうとした結果、たまたま出来上がったもの。

味噌に関しては幸運以外の何ものでもない。味噌と醤油は手に入るものなら絶対に手に入れたいと考えていたんだよな。

ん。さっきから出ている別のものって何なのかって？

そいつは大豆を発酵する、という発想から連想するものだよ。

そう。あのねばねばした納豆さ。

前世では好きだったんだよね。毎朝食べてもいいくらいには。

ぐつぐつと煮立ってきたので、昆布を元に作った乾燥出汁の粉をパラパラと入れてキノコと山菜を投入。

火力を落として、味噌を溶かし完成だ。

匂いに釣られてお手伝いに出張ってくれている他のみんなもいつの間にかキッチンに集合してい

た。

「ほお。中々いい匂いじゃないか」

「これは興味深い」

ゴンザとポラリスが鍋を覗《のぞ》き込む。いつの間にこの二人は仲良くなったのだろうか。

ゴンザは見た目こそいかつすぎるけど、親しみやすい奴《やつ》なので彼なら誰と仲良くなっていても不思議じゃないか。

裏表無く、相手の身分や職業で態度を変えたりしないからな。俺も冒険者時代には随分と彼に助けられたよ。

主に精神的にね。

「エリック。これはいい。これはいいぞ。常温でどれくらい持つんだ？」

「う、うーん。試してないからなあ。乾燥させておけば一か月くらいは余裕じゃないかな」

「ドライフルーツみたいなものか。それなら、数か月はいける」

「お、おう……」

目の色をかえて身を乗り出すのはライザだ。

冒険者の野外での食事は鍋で何かを煮るか焚火《たきび》で焼くかのどちらかになる。

冒険者にとって食事はとても大切なものである。しっかりと食事をとって休息をすることで翌日の活力となるからな。

体力勝負だから、元冒険者だった俺にも彼女の気持ちは分かる。

味噌汁があったらなあと思ったことは一度や二度じゃないもの。

今度はテレーズだ。わざとらしく俺にしな垂れかかってきたのでひょいと体をずらし回避した。

「ねね、エリックくーん。これ欲しいー」

「まだ開発中なんだって。売るにはまだまだだよ」

「えー。あ、そうだ。一つ気になっていたことがあるの」

「ん？」

「宿で出す食事にはヒールをかけてるでしょ？」

「ま、まあな」

バレていたか。俺のヒールは持続力勝負だ。体に触れている時間が長ければ長いほどいい。

だから、客室の布団には毎日ヒールをかけ直しに行っている。

食事は消化しちゃうとヒールの効果がきれるみたいだから、それほど回復効果はない。だけど、水も含めて「積み重ね」って奴が大事なのだ。

「ヒールをかけたものだったら、お水でも売れると思うよ？」

「それはダメだ。少なくとも今はね」

水を売って大儲《おおもう》けする。確かに魅力的な話だ。

お土産にヒールを付与した食べ物や飲み物、御守《おまも》りなんかを揃えれば土産物の開発なんてしなくても売れると思う。

しかし、そうなっては宿ではなくて土産物がメインになるだろ？

俺の目的はあくまで宿の経営である。宿に来てくれれば回復のサービスを受けることができる。そうすることで宿の価値を高めたいと考えているんだ。

何をバカなことをと言う人もいるだろう。しかし、これは俺の拘《こだわ》りなのである。

……正直なところ、教会とドンパチしたくないってのも大きい。

「ふうん。宿経営に失敗したら売ってくれるのかな」

「不吉なことを言うな！　全く」

「あはは。冗談だってばあ。このスープおいしかったよ。なんていうの？」

「味噌という調味料を使っているんだ。この素焼きの壺に入っている赤みがかったこげ茶色の塊だよ」

ゴンザたちの間を縫って、テレーズとライザが素焼きの壺を覗き込む。

「ほおお」「ふうん」などみんながそれぞれの感想を口にしていた。

「エリックさん。きっとお客さんも味噌に喜んでくださります！」

マリーが満面の笑みを浮かべ、その笑顔に俺もつられて頬が緩むのであった。

◇◇◇

「味噌田楽をもう一つ」

「こっちはエール追加で」

「マリーちゃん。キュウリの浅漬けを頼む」

い、忙しい。

よし。味噌田楽はできた。キュウリは皿に盛るだけだからすぐだ。

みんなに畳の手伝いを依頼した日から早二週間ほどか。

評判が評判を呼び、今では廃村で野宿をする冒険者より「月見草」に宿泊する冒険者の方が多い。

もちろん、この中には怪我をしていない人も含んでいる。むしろ、怪我をしていない人が多くを占めていた。

「マリー。エールが切れたら奥の保冷庫に」

「はい！」

今日は四名の冒険者が宿泊している。

食事付きの場合、決まったものを出すのだけど追加も受けつけているんだ。

冒険者たちは依頼をこなして街に戻った日には酒盛りをすることが殆《ほとん》ど。

しかし、道中でどんちゃん騒ぎをすることはまずない。

場所もないし、いつモンスターが襲ってくるか分からない環境だからな。

俺もその考えが頭にあった。

だがしかし！

安全に過ごせて、翌日に酔いも残らないとなると話は別という事か。

見込みが甘かったと言わざるを得ないが、それだけ宿を信頼してくれている証拠でもある。

嬉《うれ》しい悲鳴とはまさにこのこと。

味噌と酢を開発したことにより、「ここでしか食べることができない料理」も増えつつある。何より、料理のレパートリーが格段に増えた。

調味料は偉大である。

しまった。マリーが奥の保冷庫に行っているんだった。

急ぎ、味噌田楽とキュウリを持っていく。

保冷庫を買い足したのも随分前のことのように思える。

食事に関しては和を演出することができてきた。それだけじゃないのだ。

「こんばんはー。お。繁盛してるね！」

「エリック。宿泊はできるか？」

「うん。素泊まりでいいのかな？」

料理を出したところで、新たなお客さんだ。

テレーズとライザだった。

テレーズの方が俺の問いかけに頷きを返す。時間も時間だしな。彼女らは食事を取らないことの方が多い。

しっかし、鉱山ダンジョンが魅力的なのは分かるが、同じエリアにばかり来ていて平気なのだろうか。

俺が心配することじゃないけど、宿の繁盛のためにわざわざ廃村行きを選択しているとなると改めて欲しいと思う。

「ははーん。エリックくん。私たちがしょっちゅう来ているから心配してくれているんだな」

「ま、まあ」

「心配ないよ。鉱山ダンジョンだけじゃなく、周辺で薬草や毒草や鉱石の採集。モンスター討伐なんかもあるんだよ」

「そうなんだ」

テレーズは最初の頃に比べて随分と砕けた感じになってきたなあ。

個人的にはこちらの方が好みだ。元々ゴンザと並んで親しみやすい性格をしていることもあって、すぐに友達のような関係性になった。

ライザはライザで壁を作るような空気は全く感じなくなってきている。

そこへ丁度エールを持って戻って来たマリーの姿が彼女らの目に入った。

「マリーの服、可愛い！」

「ほう。私にはハードルが高いな……」

二人が思い思いの感想を述べる。

マリーは桜色の花びらが舞う白を基調とした浴衣にかんざし風の髪留めをつけていた。

ふ、ふふ。昨日ようやくグラシアーノが持ってきてくれたのだよ。これこそ、宿屋「月見草」の従業員服である。

足元が間に合わなくて、洋風のサンダルなんだけどね。

俺はまあ、いつもの格好のままだが、マリーが浴衣を着ているだけで場が華やぐ。尻尾《しっぽ》用の穴もちゃんと開けているんだぜ。

「いらっしゃいませ！」

マリーが元気よく挨拶《あいさつ》をする。

挨拶をしていても、ちゃんとエールをお客さんの下へ届ける姿はすっかり宿の仕事が板について来た証拠だ。

彼女には料理や配膳《はいぜん》、裁縫など色んなことを任せている。

掃除は、強力な助っ人がいるからな。

掃除もやらなければならなかったら、既に仕事が立ち行かなくなっていたと思う。コビト族には感謝しかないよ。

おっと。せっかくなら、常連のライザたちにも試してもらうか。

「一階が騒がしくなくなったら降りて来てもらえるか？　風呂《ふろ》の後くらいかな」

「分かった。楽しみだ」

何かを察したライザがにっとして、二階へと上がって行った。

さあ、接客を続けるぞ！

「ふう……終わった」

「はい！」

マリーが両手をグッと握りしめ、尻尾をピンと立てる。

ぐうう。

その時、仕事がいち段落した安心感からか俺の腹が鳴った。

「肉が食べたい。肉を焼くよ」

「味噌《みそ》を塗って焼いたものがありますよ！」

「お。まだ残っていたんだ」

ボーボー鳥のもも肉に味噌を塗って窯で焼いただけの一品なのだが、こいつは冷めてもおいしい。

半分に切って、レタスみたいな葉と自家製チーズをパンに挟んで完成だ。

むしゃむしゃと無言で食事を続け、腹が満たされる。

「食った、食った。もう少し食べたいところだけど、こいつを使ったお菓子を作りたいからな」

「楽しみです！」

「うまくできるか、まだ分からないけど」

「うまくいくか分からないものを食べさせようとしたのか？」

「またまた。ライザはそんなこと言って。エリックくんのお菓子は絶対おいしいって。楽しみー」

マリーに向け肩を竦《すく》めおどけてみせたところで、後ろから声が。

振り向くと風呂上りで首を桜色に染めたライザとテレーズがパタパタと自分で自分を扇《あお》いでいた。

話の腰を折られた感じであるが、気を取り直してっと。

ふ。ふふふ。

浴衣を仕入れただけじゃないぞ。こいつが新たなお菓子用の新兵器だ。

じゃじゃーん。

素焼きの壺《つぼ》の蓋《ふた》を開け、マリーに見せる。

「水……ではないですよね。透明ですが」

「うん」

フォークを壺に入れ上にあげると、透明な液体が糸を引く。

「これは『水あめ』だよ。露店でたまに売ってる……たぶん」

「そうだな。街で見かける。甘いモノの割に安いから重宝するぞ。テレーズが」

ハッとなったライザが咄嗟《とっさ》にテレーズの名を付け加える。

別に甘いモノが好きってのは隠すことでもないと思うんだけどな。スキンヘッドのいかつい冒険者であるザルマンなんて甘いモノが食べたくて仕方ないって感じなのに。

一方、マリーは俯《うつむ》き遠慮がちに声を出す。

「わたしは、あまり露店に顔を出しませんので……」

「猫の世話と仕事があったから見てなくても仕方ないよ。俺だってあったかどうか記憶が曖昧《あいまい》なんだからさ」

苦笑すると彼女の顔に笑みが戻る。

これから知って行けばいい。俺だって知らないことばかりだからさ。

記憶が曖昧だと言ったが、正直露店で見かけた記憶はなかった。

だけど、水あめの原料ってビールの原料になる麦芽だったよなあと漠然とした前世の記憶があってさ。

それで、グラシアーノに聞いてみた所、仕入れることができたってわけさ。

米も聞いてみたんだけど、知らない様子だった。食料品を取り扱う商人に聞いておくとなってからまだ続報がない。

「じゃあ。作るから、紅茶と栗蒸しまんじゅうでも食べて待っててくれ」

「紅茶を淹《い》れますね！」

パタパタとマリーも動き出す。

さてと、水あめを使ったお菓子を作るぞ。


「まずはすぐにできる定番から」

リンゴとブドウに串《くし》を刺し、熱して柔らかくなった水あめに浸して、くるりと巻く。

あとは水あめが冷えたら完成だ。

「冷めたら食べて。その間に次を作るよ」

鍋《なべ》に火をかけて湯を用意しつつ、お次は大豆を炒《い》って粉にしたものをボウルに投入する。

水を入れてこねこねしてから、水あめを混ぜ込む。

あとは一口大になるように丸めて完成。こっちも簡単に作製できる。

こっちはおいしいかどうか分からん。試しに摘《つ》まんでみたら、悪くない味だったのでマリーに運んでもらった。

ラスト。

サツマイモを一口大に切って、沸騰した鍋に入れ湯切りをする。

フライパンにバターをひとかけ、サツマイモをドサーっと入れてっと。

水あめを絡めて完成。

これも思ったより簡単だった。サツマイモは少し高価だけど、ハチミツよりは安い。

砂糖はクソ高いので砂糖を使うお菓子は今のところ避けている。

「簡単料理だったけど、どうかな？」

「おいしいです！　ブドウに水あめ。ぱりぱり甘さの後にじゅわっとブドウの果汁が広がって……」

目を閉じぽやあとハートを浮かべるマリー。

「リンゴとブドウのものは、そのままだな。リンゴ飴《あめ》にブドウ飴だよ」

「こちらは栗蒸しまんじゅうと違う食感だな。粉が違うのか？」

「うん。大豆を炒って粉にしてるんだ。どうかなと思ったけど案外大丈夫だった」

「私は栗蒸しまんじゅうよりこちらの方が好みだ。疲れた時に一つ食べたい一品だな」

ライザは大豆のお菓子が気に入った様子。

小麦だとどうしてもクッキーか蒸しパンになっちゃうから、他のもので違う食感をと苦心した結果生まれたのが大豆の粉だ。

なんて名前にしようかな。必ず日本に似たような和菓子があるはずだけど、残念ながら名前を覚えていない。

大豆まんじゅうとでもしておこうか。

最後につくったサツマイモの水あめを絡めたものは「大学いも」としておこう。

本当の大学いもとは違うけど「サツマイモに水あめを絡めたもの」という名前より覚えやすいはず。

「サツマイモのはお腹も膨れて良いね！　芋はあまり好きじゃなかったけど、これはぱりぱりもあるしおいしいーー！」

テレーズもご満悦の様子で何より。

みんなで食べていたら、あっという間に作ったお菓子が全て無くなった。

「そう言えばエリック。以前作った畳とやらはどうなったんだ？」

「改装中だよ。もうすぐ完成しそうなんだ。見てみるか？」

ライザの発言にそう言えば彼女らにその後を伝えていなかったなと思い出す。

みんなに協力してもらって作ってもらった畳は全てまだ使用していない客室の改装に使わせてもらっている。

いや、全てじゃないか。

ライザの手前、黙っておいた方がいいよな。たぶん。

二階の角部屋へ彼女らを案内する。

宿の業務の合間合間だから、中々進んでいないんだけどあと少しになってきたんだよね。

「これはまた変わった部屋だな」

「草の香りが素敵ね！　次はこの部屋に泊まりたいなー」

板張りの床の上には畳を敷いて、ベッドの代わりに一段底上げしてこちらにも畳を敷いている。

底上げしたところはマットレスの上に布団を載せ寝るスペースにするつもり。

他には板の間も作っているんだ。旅館に泊まった時にさ、襖《ふすま》を開けると謎の板の間スペースと窓があるだろ。

あの空間を再現しようと思ってさ。後は自作の掛け軸と壺を置く場所も作った。

この部屋だけ、和風の宿屋ぽい雰囲気を醸し出せていると思う。

大事なことであるが、入口の部分を玄関にしていてそこから一段上がって畳になっている。靴箱もちゃんと置いているから、靴を脱ぐことを伝え忘れないようにしないと。

マリーが靴を脱いで部屋に入ると二人も真似《まね》をして靴を脱ぐ。

「奥だけ板になっているんだな」

「そこは間に引き戸を作ろうと思ってるんだ。後は引き戸を作ってテーブルと椅子を置けば完成」

「へえ。無くても特に支障はないんじゃないか？」

「まあ。そこは拘りって奴だよ」

謎の板の間スペース……確か名前は広縁と言ったんだっけ。

広縁の居心地の良さがあってこその宿屋だろと断言する。だから、あのスペース無しで使い始めるなど考え難い。

ライザとテレーズも一度広縁の居心地の良さを味わうと分かるはずさ。

欲を言うと板のままじゃなくて絨毯《じゅうたん》を敷きたい。獣の毛皮でもいいかも。

毛皮ならなめして干しているものがそろそろ使えそうな感じになってきている。よっし。毛皮で行くか。

「畳ってこんな使い方もできるんだね。寝ころぶと気持ちいいー」

ぺたーっと畳に体を密着させ頬ずりするテレーズ。

「テレーズ。『こんな使い方』とは、他の使い方を知っていたのか？」

「ん。ライザは見なかったの？　温泉に行く途中に……ふがあ」

慌ててテレーズの口を塞《ふさ》ぐ。寝そべっているから彼女に馬乗りするような形になってしまった。

しかし、ライザの名誉のためにもこれ以上何も言わせるわけにはいかねえ。

俺の動きにマリーは真っ赤になって自分の手で目を塞ぎ、チラチラとこちらを窺《うかが》っている。

もう一方のライザは呆《あき》れたように鼻を鳴らす。

「エリック。テレーズが同意しているのなら私からは何も言わんが、他の者がいないところの方がいいと思うぞ」

「きゃー。エリックくんのえっちー」

「待て待て。誤解だって」

しかし、この誤解を解くには言わないと仕方がないのか？

「もう一つの使い方はあまり知られたくなかったんだよ。だから咄嗟にテレーズの口を塞いでしまったんだ。ごめん」

「そうだったんだ。猫ちゃんたちの爪とぎに使うのってそんな秘密のことなの？」

テレーズ！　言っちゃった！　それ言っちゃってる！

「あ」

「隠すほどのことでもなかろう」

ライザが心底つまらないと首を振る。

実物を見た時の彼女の顔が楽しみだよ。是非とも観察したい。まあ、本人が気にしないのならいいか。

気が付いてないだけとも言う。

ライザとゴンザの前衛芸術は猫にバリバリとされる運命となっていたのだった。

床には使えないものであっても、放置しておくには勿体《もったい》ないからね。

◇◇◇

翌朝、むすっとした顔のライザには何も触れず送り出す俺であった。

冒険者たちが旅立った後はニャオーに乗るストラディを呼ぶ。

「いつもありがとう。これ新作のお菓子なんだ。みんなで食べて」

「ありがたい。甘い菓子は中々ありつけないものだからね。コビト族が食すのは花の蜜《みつ》くらいのものだ。栗蒸しまんじゅうもみんな気に入っている」

コビトたちの働きに比べるとほんのささやかなものだけど、喜んでくれるとやはり嬉《うれ》しいものだ。

彼らは今日も今日とて二階の掃除を一手に引き受けてくれた。

いつもながら、魔法で一瞬にして部屋が綺麗《きれい》になる様子は見ていて爽快《そうかい》だなー。

すっかり綺麗になった部屋の窓を開け、んーっと伸びをする。

さてと。今日は川まで行くことにしようか。

ん？　何やら外が騒がしい。何かあったのか？

マリーと共に宿を出るなり、血相を変えた冒険者二人が大きく手を振って呼びかけてきた。

「どうした？」

「ここの噂を聞いて一縷《いちる》の望みをかけて急ぎ駆け付けたんだ」

二人の冒険者のうち犬頭の方が肩で息をしながら一息に述べる。

「その様子だと料理じゃなく、怪我人か？」

「毒だ。パイロヒドラが出て。決死の覚悟で撃退したんだが……どうか、グレイとアリサを救ってくれ！」

犬頭の男はパーティのリーダーで名前はディッシュ。彼は手短に自分たちのことを語ってくれた。

冒険者たちは六人パーティらしく、廃村と街の間にあるバーラルの森で探索を行っていたそうだ。

目的はフォレストビートルの甲殻だった。

ということは彼ら上級ランクのパーティだな。冒険者たちが所属する冒険者ギルドでは個人とパーティにランクが付けられている。

個人ランクはEとかAとかアルファベットなのだけど、パーティは別表記なんだ。同じ表記にすると間違えるから、だと思う。

プラチナ、ゴールド、シルバー、カッパー、アイアンの五つだ。プラチナに収まらない一部の規格外はミスリルとなるらしい。

今のところミスリルのパーティは王国に一つしかないので、考慮する必要はない。

俺が冒険者時代に所属していたパーティは最初の頃だけシルバーで、後半はカッパーだった。アイアンは初級冒険者パーティですぐにカッパーまで上がるからね。

それはともかく……森林を探索していた彼らは沼地を生息地とするパイロヒドラに出会った。

パイロヒドラは入念に準備したゴールドクラスのパーティなら何とか撃退することができるくらいと聞く。その毒が有名でどの冒険者もできれば避けたいと思う敵とのこと。

優秀な回復術師《ヒーラー》がいれば話は別だが……。俺？　俺は聞くまでも無いだろ。

毒を喰《く》らうことを顧みずに特攻すれば倒せなくはない、と怪我人を運び込んでいる間に最初に俺へ声をかけてきた冒険者から聞いた。

ついでに、彼らがゴールドクラスと言うことも。

「ゴールドクラスともなれば教会を利用するお金もあるんじゃないのか？」

「街まで行くと間に合わないと判断した。事実もう幾ばくも無い感じだ……」

悔しそうに顔を歪《ゆが》める冒険者。

頭と足を抱え上げられ運ばれてくる怪我人を見たマリーの顔が蒼白《そうはく》になる。

全身が濃い紫色に変色していて、右腕を噛《か》まれたのか肘《ひじ》の上辺りが溶けて腐臭を放っていた。

もう一人の犬耳の少女はくるぶしの上辺りをパイロヒドラの攻撃が掠《かす》ったと聞いたが、一人目と同じく全身が濃い紫色になり足首が爛《ただ》れている。

「できる限りやってみる。あと、ここは教会じゃなく宿だ。詳しくは看板を見てくれ。急を要するから先に処置をするぞ」

「頼む」

ギュッと俺の手を握りしめた冒険者は切れ長の目で真《ま》っ直《す》ぐ俺を見つめてきた。

コクリと頷《うなず》きを返し、患者と向き合う。

集中。祈り。念じろ。

「ヒール」

包帯と水桶《みずおけ》に入った水に対してヒールを付与する。

マリーに手伝ってもらってまずは水で全身を清め、包帯でグルグル巻きにした。

できうる限り、ヒールを与え続ける場所を増やそうと患者二人に水を飲ませる。

続いて、桶からドバドバとぬるま湯をかけることにした。損傷が酷《ひど》い部分と内臓が集中する胴体へ。

漂っていた腐臭がしなくなり、患部に新しい肉が生まれ、それを覆うように本来の皮膚が再生されはじめた。

しかし、爛れて溶けはしなかったもののすぐに紫色へ変色する。

集中。祈り。念じろ。

「ヒール」

グルグル巻きになっている包帯へ向け再びヒールを。

水もかけ続け、三十分ほど経過した。

濃い紫色が若干薄くなった気がする。更に患者二人の息遣いが安定してきたぞ。

「よし。このまま風呂場《ふろば》に運んでもらえるか」

「分かった！」

集中治療用に全身が浸《つ》かるくらいの浴槽を用意している。

シングルベッドくらいのサイズで深さは三十センチほどかな。頭の後ろに枕を置けばちょうど全身浴ができる感じだ。

もう男湯とか女湯とか言っていられないので、浴槽を並べ湯を満たす。

そこへ二人を寝かせて、ヒールをかける。

「このまましばらく様子を見よう。二時間……いや三時間くらいか」

◇◇◇

「……！」

「大学いも？　甘くておいしい！」

夜を迎える頃には全身の紫色が引き、二人ともすっかり元気になった。

今ではこうして宿の料理を楽しめるほどになっている。

男の方はグレイで銀色の長い髪を後ろで結んでいるスラッとしたイケメン。

感謝の言葉を述べて以降は全然喋《しゃべ》らぬ無口な男だった。

もう一方の女の子はええとアリサだったっけ。彼女も銀色の髪で犬耳と尻尾《しっぽ》があることから獣人族だろう。

彼女はグレイとは対照的によくしゃべる。

二人とも前衛らしくて、決死の覚悟でパイロヒドラに突っ込み仕留めたんだそうだ。

しかし、その代償は大きくパイロヒドラの毒でひん死の状態だった。

これだけ食べられるようになったんだから、もう大丈夫だろ。俺としても六人が宿泊してくれたのだから、悪くない。

現在三部屋しか使うことができないので、六人泊まれば満室だ。満員御礼っていい響きだろ？

もう少しで四部屋体制になる。残り二部屋は俺とマリーの部屋だから、もっとお客さんが集まるようになれば増築するか別の廃屋を改装するかしないとだな。

これもまた嬉しい悲鳴って奴さ。

そうなる日を夢見てこれからも頑張るのだ。

「本当にこれだけでいいのか？」

「正規の料金を貰《もら》ってるからさ。食事の追加分もちゃんと貰ってる」

冒険者たちのリーダーが三度目の確認に俺の下へやって来た。

その際に自分たちのテーブルへ運ぶ料理を持って行ってくれる。

このリーダーの気配りがあって、パーティが良い感じに保たれているのだろうな。

彼らが飲み食いしている姿を見るだけでパーティの様子が分かるってもんだ。

肩を叩《たた》き合い、全員で無事だったことを喜び合う。

六人ともなるとパーティ内で不和が生まれたりするものだが、このパーティに限ってそのような雰囲気は一切感じられなかった。


「ありがとうな！」

「……感謝」

「ありがとう！」

一晩過ごした冒険者たちは朝日と共に起きてきて、思い思いに感謝の気持ちを述べて宿を後にする。

さあて。コビトのストラディにお掃除をお願いするとするか。

階段を登っているところでマリーとごっつんこしそうになる。

「す、すいません！　もう遠くまで行っちゃいましたよね？」

「冒険者たちだよな？　まだそこまで遠くには行ってないと思うけど……」

「あ、あの。お部屋に」

「部屋が多少汚れていても問題ないよ」

「い、いえ。そうではなく」

説明しようと口をパクパクさせるマリーだったが、グイッと俺の手を引っ張った。

見た方が早いってことだよな。

「いいんじゃないか。彼らからのささやかなプレゼントだろ」

彼らの宿泊していた部屋の一室には大型のリュックが置かれていた。

中を開けてみると、食材がぎっしりと詰まっている。

彼らとしてはお金以外にも何か感謝の気持ちを示したかったのだろう。中にはメッセージも入っていた。

『本当に感謝する。「月見草」が無ければ二人は死んでいた。今度はうまい飯を食べに来るよ』

リーダーの字かな。なんだか字からも人柄が出ていて思わず頬が緩む。

嵐のような人たちだったなあ。今度はゆっくりと宿を楽しんでくれたらいいな。

第三章　亀、いや米を求めて冒険だ！

ストラディに掃除をお願いした後、狩りと採集に出かけるつもりだった。

しかし、冒険者たちが食材を置いて行ってくれたので手が空く。ならば、改装を進めるかなと思っていた。

いたんだ。確かに思っていたんだよ。

だけどさ。ここに来てから息抜きをすることが無かった。

つい……ほら、さ。一応、マリーにも今日の昼過ぎまでは作業を止めようと言っている。

「ふぃいいい」

思わず声が出る。

極楽。極楽。

ここは温泉。いい湯だな。

岩風呂を作ってからこうしてゆっくりと浸《つ》かるのは初めてだ。

温泉付きの宿で主《あるじ》をやるといつでも温泉に入ることができると思っていたが、現実はそうじゃなかった。

「ああああ。毎日温泉に浸かりてえええ」

誰もいないのをいいことに叫ぶ。

スッキリした。さて。お盆に載せたオレンジでも食べるか。本当は一杯やりたいところだけど、この後に宿の業務が控えているから仕方あるまい。

ガタン！

と音がして、ガシャーンと物凄《ものすご》い音が続いた。

な、何があったんだろ。急ぎ音のした方に向かう。

「大丈夫？　大きな音がしたけど？」

「す、すいません。大きな叫び声が聞こえたので、急いで向かおうとしたら、すてんといっちゃっいました」

無言で彼女から目を逸《そ》らし、自分の腰に巻いていたバスタオルをバサッと掛ける。彼女も俺と同じことを考え疲れを取るために隣で入浴していたみたいだった。

叫び声が思いのほか響いていたようで、彼女が血相を変えてそのまま駆け付けようとしたところで足を滑らせて転んでしまったらしい。

急いでいるにしても、バスタオル一枚くらい掛けてくればいいのに。俺だって一応男なのだし……。

「あ、あの」

「すまん。見るつもりはなかったんだけど……」

「い、いえ。あ、あの。か、隠してくださいいい」

「あ。俺よりマリーを隠さなきゃと思って」

くるりと彼女に背を向け岩風呂へトンボ帰りする俺であった。

「ふいいいいい」

「エリックさ――ん！」

ちょ。またかよ。

今度は一体何が……？

「湯船に入ってますか……？」

「入っているけど」

浴室の外から警戒した声を出すマリー。

来いと言われればタオルを巻いて外に出るけど……。

「お客さんが来ています！　エリックさんも着替えてくださいー」

「分かった。すぐ行く。マリーは服を着ているだろうな？」

「こ、これからです！」

「よく来客が分かったな」

「マーブルが尻尾をパタパタと振っていたので」

それが合図なのかよ。すげえなマリーと猫って。

と感動しつつも扉向こうのマリーの影が見えなくなってから、急ぎ着替えて宿の外へ向かう。

宿の前には廃村に似つかわしくない豪奢《ごうしゃ》な馬車が止まっていた。

まだ馬車の主は降りてきていないらしく、降りるために周囲を警戒している兵士たちが俺に挨拶《あいさつ》をしてくる。

「すまない。宿の主人か？」

「うん。ちょうど二人とも奥に行ってて気が付かなかったんだ」

「いや。私たちこそ、事前の連絡もなく昼間に来てしまったのだ。宿の昼間といえば営業時間ではないだろう？」

「当宿もチェックインは夕方以降だよ」

「準備中のところすまないが、一つ頼まれてくれないだろうか？」

「できることであれば……」

兵士と思ったが、よくよく見て見たら騎士じゃないかな。この人。

肩当てにS字のマークが入っている。S字の先はバラがあしらわれていて、これってどこかの貴族家の紋章に違いない。

紋章を見ても王家以外は分からないな……不勉強なもので。

騎士様とやり取りをしていたら、ばあんと豪奢な馬車の扉が開きナポレオン時代の軍服のような衣装を纏《まと》った中年の男が降りて来た。

腕、太ももが筋肉でパンパンに張り、ゴンザより太い首回り、カイゼル髭《ひげ》に片眼鏡と独特過ぎる。

胸に下げた徽章《きしょう》は馬車に掲げられた旗と同じ。よくよく見てみると、男の紋章は騎士様と似ているな。

騎士様のより、意匠を凝らしている。

ま、まさかな。

さすがにここは俺から声をかけねば。

「宿屋『月見草』のエリックです」

「お初にお目にかかる。吾輩《わがはい》はクバート・キルハイムである」

「キルハイム……ま、まさか」

「キルハイム伯爵領を預かる者だ。領都はキルハイム。居城もそこにある」

ま、マジかよ。

俺とマリーが住んでいた街と同じ名前じゃないかよ。

この人がキルハイムの街を含む領域を統べるキルハイム伯爵だったとは驚きだ。

せいぜい当主の息子とか親戚《しんせき》と思いきや本人のご登場である。

この辺りもキルハイム伯爵領とかで、一言物申しにきたのだろうか。参ったな。領主とやり合いたくはない。

どう言葉を続けるべきか悩み黙っていたら、キルハイム伯爵が快活に笑う。

「このようなところに居を構えるとは、よきかな。よきかな。職人は偏屈である方が腕がいい」

「は、はあ……」

意味が分からず、気の抜けた声を出してしまう。

貴族の前で失礼だよな、と思っても後の祭りである。

一方で当のキルハイム伯爵は愉快愉快とにこやかに両手を広げる。

「そう硬くなるでない。この地は我が領土であるが、管理を行っていない。人の住まぬ土地は税も無ければ官吏もおらぬ」

「そうなんですか。ホッとしました」

「して。我慢できずやって来たのだが、あるか？」

「あるかとおっしゃいましても」

何この人……貴族ってみんなこうなのか……。説明がなきゃ分からんだろうに。

カイゼル髭を太い指でピンと弾《はじ》いたキルハイム伯爵が続ける。

「吾輩は珍しい料理に目が無くてな。聞いたぞ。冒険者たちのギルドマスターから、この宿のことを」

「え、えっと。栗《くり》蒸しまんじゅうのことでしょうか」

「ほう。聞いたことのない名だな。所望したい。もちろん褒美は取らせよう」

「と言われましても。まだ仕込みもしていませんので……」

「ガハハハ。良い。良いぞ！　それでこそ職人である。吾輩たちはお主の準備ができるまで待とう。手伝いが必要ならば、そこらを使うがよい」

とっとと栗蒸しまんじゅうを作ってお引き取り願おう。

マリーなんてさっきから猫耳をペタンとさせて震えている。

「感謝いたす。ほう。これが『栗蒸しまんじゅう』か」

「は、はい。他にも作りましたのでどうぞお持ち帰りください」

騎士様から金貨を三十枚も頂いてしまった。3万ゴルダ……もらい過ぎだと伯爵に突き返すわけにもいかないし、もらっておくか。

このお金で人を雇って改築工事をしようかな。いや、牛を買うのもいいかもしれない。

「うまいぞおおおお！」

動き始めた馬車から伯爵の叫び声が聞こえた。

……。

………嵐は去った。俺は通常業務に戻ろう。

変なおっさんが来てから、稀《まれ》にではあるが冒険者以外の人たちも宿泊に来るようになった。

ようやく開店したポラリスの店も冒険者たちから修理依頼が入っているようでホクホク顔だ。

更に彼は一般客向けに木彫りの置物とか燭台《しょくだい》といった細工品も店に並べるようになった。

そして、新たに店を開いてみようかな、という人も出てきたりと廃村は俄《にわ》かに活気づいてきている。

中心にあるのは我らが宿屋「月見草」だ。

「いらっしゃいませー」

マリーの元気のよい声が店内に響く。

さあて。俺もお客さんを迎えることにしようか。

◇◇◇

「この酒うまいな！」

「確かに。ライチかと思ったが、少し違うな」

髭もじゃと女戦士が酒を酌み交わす姿が横目に映り、目をむく。

お、おい。あの瓶はまさか。

「ゴンザ！　ライザ！　その酒！」

慌ててキッチンから出てきて叫ぶ。

既に酒瓶の中身は半分近くまで減ってしまっている。

「私も」と手を出す女戦士ライザの相棒である弓使いのテレーズに睨《にら》みをきかせた。

俺の想《おも》いは虚《むな》しく、酒が彼女の杯に注《つ》がれてしまう。

「マリー、止めて。瓶を回収してくれえぇ」

残念。マリーは他の宿泊客に大学いもを運んでいる最中だった。

ええい、料理途中だが構うものか。

ずんずんと進み、むんずと酒瓶を掴《つか》む。すでに三分の一にまで減ってしまっているじゃないか。

「テレーズ。酒癖が良くないんだから飲むな。俺が……」

「任せろ、エリック。テレーズのことは責任をもって私が世話をする」

自信満々なセリフを吐くライザであったが、テレーズの杯を横からかっさらい飲んだだけじゃないかよ！

「そ、それは。俺が頼み込んで作ってもらった特別な酒なんだよ。やっとこさできたってのに」

「ほう。街の酒造所に依頼したのか？」

「その通り。グラシアーノさんに頼んでね。失敗作にまでお金を払ったから、お金も時間もかかってるんだよ」

「ちゃんと料金は支払うさ。ほら、残りも渡すといい」

お、お金の問題じゃないんだああ。

今晩飲もうと置いておいたんだよ。俺はまだ一口たりとも飲んでないってのにい。

しかし、酒のストックの手前の方に置いていた俺が悪い。誰に対しても怒ることなんてできないさ。

それでも、酒は惜しい。三分の一に減ってしまったが、今晩飲もう。

「おい、エリック。そいつはなんて酒なんだ？　街で飲むことができるなら飲みたい」

「これか。こいつは特別製なんだ。街には無い」

「いずれ量産されるかもなー。なかなかうめえ」

「お、俺はまだ味見をしていないってのに。こいつはな、芋焼酎《いもじょうちゅう》って酒だ」

水あめを仕入れた時にサツマイモを切って水あめを絡めたりしただろ。あれから、サツマイモを他にも使おうと試行錯誤したんだよね。

努力のかいあって、サツマイモを使った料理は好評で、特に甘いモノが人気だ。

宿の料理を充実させることは急務なので、お客さんが喜んでくれる料理が増えてとても嬉《うれ》しい。

しかしだな。サツマイモと聞いてまず頭に浮かんだのは大学いもなんかじゃない。

芋焼酎だったのだ。

サツマイモの仕入れをした時にグラシアーノに芋焼酎について尋ねてみた。

すると、街にはサツマイモを使った酒自体が無いと来たものだ。そこから俺の戦いは始まる。

日本で生きていた時に芋焼酎を作った経験があれば、自分でも何とか試行錯誤することができたのだろうけど、残念ながらまるで分からん。

知っていることといえば、サツマイモのお酒は世界で稀の稀だということ。

理由はもちろんある。サツマイモはデンプン含有量が少なくアルコールの製造効率が悪い。

更に覚えていて幸いだったのが、サツマイモを生のままで発酵させるのは難しいということ。

蒸してから糖化させる必要があり、焼酎なので蒸留も必要だ。

素人が作るには難易度が高過ぎる。なので、知っていることを全て伝え、興味を持った酒造所に手伝ってもらった。

ようやく完成した一品がゴンザとライザが飲んだ芋焼酎なのである。

芋焼酎を作るのにいかに手間がかかったかぐちぐちと言っていたら、二人も分かってくれたようだった。

「分かったから。すまんかった。そんで、エリック」

「ん」

「厨房《ちゆうぼう》を放り出したままだがいいのか？」

「あああああああ」

そういうことは早く言ってくれよ。ゴンザあああ。

キッチンに駆け付け、ふうと安堵《あんど》の息を吐く。

うん。大丈夫だ。これが焼く料理だったら終わってた。

ちょうど蒸し終わったところだな。

お次は小麦粉を混ぜてこねる。一口大に分けて、焼く。

「よっし。完成。みんな。新メニューだから、今回は俺のおごりだ。食べてみてくれ！」

と言ったものの、キッチンから叫んでも締まらない。きっと殆《ほとん》どのお客さんには聞こえていない。

ま、まあ。俺らしくていいか。

できたばかりの一品を大皿に載せ次々と運んでもらおうとマリーを呼ぶ。

ちょうど配膳《はいぜん》を済ませて戻ってくるところだったから丁度いい。

その際に彼女が至極当然のことを尋ねてきた。

「これは何と言うお料理なんですか？」

「おっと、ジャガイモが余っていただろ。それでさ、ジャガイモを使った芋餅《もち》を作ってみたんだ」

「へえ。ジャガイモ餅ですか！　甘いハチミツか味噌《みそ》かどちらかで食べるんですね」

「うん。お好みで。先に味見してもいいよ」

「ほんとですか⁉　エリックさんのお料理はどれも斬新でおいしいので嬉しいです！」

早速とばかりにマリーが芋餅もといジャガイモ餅に手を伸ばしたので、俺も味見をすることにしよう。

本物の餅のように伸びたりはしないけど、もっちもちで中々おいしい。

個人的にはみたらし味好きだが、無いものねだりはできん。いつも立ちふさがる醤油《しょうゆ》の壁である。醤油と米が無いとなると結構な制約なんだよな。砂糖も豊富に手に入るものでもなし。日本酒もみりんもない。

幸い大豆があるので、頑張れば醤油を作ることができるはずだ。

ノウハウも無いので試行錯誤中なのである。豆腐にも挑戦中。こっちの方が早く日の目を見そう。

さて、マリーの反応は。

猫耳をペタンとして、目を細めている。

「もっちもちでおいしいです！　これがジャガイモなんて！」

「蒸して小麦粉を混ぜて焼いただけなんだよ。蒸すのが少し手間だけど、調理自体は簡単だ」

さあ、みんなに食べてもらうとしようか。

俺も手が空いたので結局マリーと一緒に大皿を運ぶ。

食べてくれ、と両手を開いた時、宿の扉が開いた。

やって来たのは見慣れた顔。

ゴンザの相棒のザルマンじゃないか。小袋を掲げウキウキな様子だけど、一体？

小袋をアピールしているザルマンであったが、誰も彼に注目していない。

彼も彼で漂う香りにフラフラと惹《ひ》かれ、ジャガイモ餅を貪《むさぼ》る集団に参加してしまった。

小袋は気になるけど、まずは腹を満たしてもらおうか。

「ザルマン。ゴンザのところにまだまだ食事があるから。追加注文も大丈夫だぞ」

「ありがてえ。まずはいただくとするよ。あとであんたに話がある」

スキンヘッドをきらりと光らせ、白い歯を見せるザルマン。

せめて口の中のものが無くなってからにしたらいいのに。

でもこれが冒険者の良さでもある。マナーなんて気にしない連中が多いが、気さくで朗らかで気風がいい。

かしこまった人よりこういう人の方が個人的には接しやすく、好みかな。

元々俺が冒険者だったたってひいき目もあると思う。

「ジャガイモ餅って言うのか。酒の肴《さかな》にも悪くねえ」

「保存がきくなら持って行きたいな」

「私は甘い方が好き。エリックの宿は甘いモノが多くていつも楽しみなの」

などと、冒険者たちの感想を聞きながらニヤニヤする。

エリックの宿じゃなくて「月見草」という名前なんだけどな。

俺の名前を記憶してもらうのも必要なことだし、重要なことは名前じゃなく宿が繁盛することだ。

廃村の宿でも何でも覚えてもらって、来店してくれれば何だっていい。

格式ばった宿じゃないからね。

一応、宿のテーマはある。ご存知の通り「宿屋」なんだけど、中々和風のモノを揃《そろ》えるのって難しいんだよね。

竹は見つけたんでシシオドシでも作ってみるか。全部屋を畳の部屋に改装する方が先かな。

大工を呼んで工事をしてもらうのも難しいから、食と異なり中々進まないんだよな。

宿屋をオープンさせる前はまだ作業時間が取れたのだけど、基本自給自足だから宿の運営に加えて自分たちの生活も、となると中々時間が取れないんだよ。

これでも当初よりは生活そのものにかかる時間は短くなっている。

グラシアーノからの仕入れもあるからね。

ジャガイモ餅《もち》の試食会が終わり、その場に残ったのは親しい四人のみ。

宿屋オープン初期からの付き合いであるライザとテレーズコンビと髭《ひげ》もじゃとスキンヘッドのおっさんコンビである。

スキンヘッドも腹が膨れたらしく、「満腹、満腹」と自分の「頭」を撫《な》でていた。それ、突っ込んで欲しいのかと思い、マリーへ目をやったが彼女は特に気にした様子がない。

気になるのは俺だけなのか？

と思い、グルリと見渡していたらテレーズと目が合った。

彼女はチラリとスキンヘッドのザルマンへ目をやり、何かを訴えかけている。いや、笑いを堪《こら》えているると言った方が正確か。

「だよな、だよな」と彼女に向け「俺もだよ」とアピールする。

それが面白かったのかついに彼女は吹き出してしまった。

「エリックくん。それ卑怯《ひきょう》だよ」

「え、いや。そんなつもりは」

しかし、面白かったのは俺と彼女だけらしく、他は何が起こったか分からないとキョトンとしているではないか。

「すまん。待たせたな。こいつを見てくれよ。エリック」

何事も無かったかのようにザルマンが小袋を差し出す。

んじゃさっそく、開封してみようじゃないか。

暑苦しい髭もじゃが後ろから覗《のぞ》き込んできたので、テーブルの上に小袋を載せ皿の上に中身を出すことにした。

これなら全員見えるだろ。

出てきたのは茶色いつぶつぶだった。

「ほ、ほほお。こいつは」

「粒状の果実なり植物があれば持ってこいって言ってただろ」

「これは、俺の想像するものだったとしたら、大当たりだ！」

「へえ。こいつがねえ」

髭もじゃが粒を一つ摘まんでしげしげと見つめる。

他の人も同じように粒を手に取っているが、首を捻《ひね》るばかり。

真っ先に口を開いたのは尻尾《しっぽ》をフリフリさせたマリーだった。

「食べ物なのですか？」

「恐らく……だけど。茶色いところは籾《もみ》といって、殻のようになっているんだ。こいつを剥《は》がすと、お」

粒の茶色を剥がしたら黄色味がかった白が出てくる。

見た目だけなら、こいつは米で間違いない。

一粒そのまま食べてみる。炊いてみなきゃハッキリと分からないかなと思ったけど、こいつは確かに米だ！

「来たあああ！　ザルマン。これをどこで？」

「エリック。口に含んでいたけど食べられるのかそれ？」

「もちろんだ。こいつは『米』だ。炊いて食べるとおいしい。酒も造ることができるし、色んな用途に使うことができる」

「お、おお。そいつはこのレストランも益々《ますます》メニューが増えるな！」

「レストランじゃなくて、宿な。ここは全快する宿、『月見草』だ」

「そうだった。回復宿泊施設でもあった。食べに行くのが楽しみですっかりな。すまんすまん」

ペチンとスキンヘッドを叩《たた》くザルマン。

「エリックさーん。これ、本当においしくなるんですか……」

「生だとおいしくないかな」

自分も試食してみようと米を口に含んだマリーが口をへの字にして訴えかけてきた。

俺も生で米を食べたくはないな……。

「ザルマン。これはどこで見つけたんだ？　街で？」

「いや、他の冒険者が拾ったものを貰《もら》って来た。前々からあんたが粒状の植物を見つけたら教えて欲しいって言ってたろ。ゴンザも俺もここの常連たちも機会があれば聞いて回っていたりしたんだよ」

「ありがたい。しかし一体どこでこれが？」

「聞いて驚け、この近くだ。だいたいの場所は分かるが、米……だったか？　そいつは落ちていたものを拾っただけと聞いた。周囲を探せば米の群生地があるんじゃねえのか」

「確かに。案内して欲しい」

「お、エリック自ら行くのか。マリーちゃんはお留守番の方がいいと思うぜ」

「え……？」

「ザルマンが行くとなれば俺も付き合うぜ」

え、ちょっと待って。マリーを連れて行くことができない危険地帯ってこと？

それなら、彼らにお願いして、報酬を支払った方がいい。

ポンとライザから肩を叩かれる。

とってもいい笑顔で彼女は言った。

「私も付き合うさ。いつも世話になっているからな」

「えー、ライザ。私が先に言おうと思ったのにー。エリックくんとの冒険、初めてだよね。楽しみ！　護衛じゃなくて仲間としてで、いいよね？」

「あ、うん」

なし崩し的に俺も行くことになってしまったじゃないか。

「……行き先は？」

「ダンジョンだ。元鉱山のな」

「やっぱりそこなのか……」

「頼んだぜ。回復術師《ヒーラー》」

ゴンザが冒険者風に回復術師《ヒーラー》なんて言いながらガハハハハと豪快に笑う。対する俺は乾いた笑いしか出ない。

し、仕方ない。米のためなら行くしかあるまい。

◇◇◇

「いらっしゃいませ。エリックさん、調理器具の修理ですか？」

「あ、いや。武器を見繕いたくて」

翌朝早速やってきたのはポラリスのお店だった。彼のお店は廃屋がある場所の関係上、宿の隣じやなく広場を挟んで向こう側になった。

入るなり他のお客さんに断ってからパタパタと俺の下に来てくれたんだ。

彼の質問に応じたものの、先にお客さんの相手をして欲しいと促す。

朝早くはこれから冒険に出かける冒険者たちに修理済みの武器を渡したり、矢などの消耗品を売ったりと忙しい。

冒険者の旅立ちが終わると、途端に客足が無くなるのだって。

夕方になると彼らが戻って来るのでまた忙しくなるのだそう。この辺はうちの宿と同じだな。

最近は某濃ゆい貴族の来訪の影響からか、興味本位で「月見草」に泊まりに来たお客さんも立ち寄ると聞いている。

そんなお客さんたちは昼前くらいにやって来て、小物（土産物）を買ってくれるそうな。

ポラリスが接客している間に彼のお店を見て回る。

おお、一通りの武器が揃っているじゃないか。なるほど、よく考えられている。

冒険者の得物は様々だ。廃村で武器を買うとなると応急措置的な需要が多く占めるだろう。少なくとも最初のうちは。

刃《やいば》が折れてしまったとか一日の修理でどうにもならないような場合には、予備の武器を使う。

その場合、予備の武器が無くなってしまうだろ。冒険者にとって武器が無いということは致命的なことなのだ。

そんな時求められる武器は高価な一点ものではなく、安価でなるべく頑丈なもの。

冒険者の数が多くなく、応急措置用にとなれば、なるべく多くの種類を一つか二つ準備すること。
どこにでもある量産品クラスの武器であっても、不得手な武器種を使うより余程頼りになる。

「ふむふむ」

「矢の補充でもするのかと思ってたが違うのか？」

「弓は持ってるだろ」

「矢筒にはもう入らねえぞ」

髭もじゃが武器を物色している俺の横に入ってくる。

武器から目を離さず矢筒を彼に掲げて見せたら、彼の疑問が増したようだった。

「エリックくんは弓を使うんだ。私と同じー。仲良しさん」

「ま、まあ。使うけどさ」

「予備の弓だったら、私も持ってるから買わなくてもいいんじゃない？」

「鉱山の中だと狭くて弓が使えない場面もあるだろ」

しな垂れかかってこようとしたテレーズを巧みに回避する。

彼女が弓を使う姿を見たことはないけど、回復術師《ヒーラー》が本職の俺より腕が立つはず。

弓関連のスキルやらも使うのかもしれない。

俺はヒール以外に特殊能力と言えるものはないのだ。夜目も利かないし、軽業師のように身軽なわけでもない。

そもそも、ヒール以外に秀でた能力があれば冒険者としてその能力で今も活躍できている……やばい。虚しくなってきた。

俺の求める武器は扱いやすく、頑丈で、攻めることより守りに向いた武器。

「お、これがいいんじゃないか」

「ほお、ソードブレイカーか。珍しい武器を選んだんだな」

ライザが手に取った武器について名前を教えてくれた。

へえ。ソードブレイカーと言うのか。なかなかカッコいい名前じゃないか。変わった形をしているのも独特で悪くない。

持った感じ俺でも振り回すのに支障が無さそうだ。

「刃の反対側のギザギザも好みのデザインだ。厚みもあるから攻撃を受け止めても壊れそうにない。ダガーより長さがあるし、剣よりは短くて扱い易《やす》そうだろ」

「考えられた武器であることは確かだな。背側で剣を受け止めて捻《ねじ》ることで剣を弾き飛ばすことができる。うまくいけば剣が折れる」

「あ、ああ。珍しいと言った意味が分かったよ。武器を使うモンスターなんて稀《まれ》だもんな」

「爪や牙《きば》も形状によっては挟んで折ることができる。しかし、ダガーにしては重く嵩張《かさば》る。軽めの長剣に近い重さがある。なら、ダガーや長剣を持つ、となるわけだ」

「不遇武器じゃないか……。益々気にいった」

「不遇というわけでもないさ。街の衛兵なんかがダガーの代わりに持っていることも多いぞ」

冒険者が持つには中途半端ってことかな？

剣を折る目的でも使う武器なら頑丈さは折り紙付きだと思う。冒険をしていて何より重宝するのは壊れないこととメンテナンスがし易いことだと思うのだけどなあ。

異論は認める。俺は近接戦闘をするタイプじゃないので、素人考えなところがあるからね。

「お待たせしました。エリックさん、そちらを購入されるのですか？」

「うん。あと……」

接客を終えてこちらに来てくれたポラリスを横目にテレーズの方へ視線を送る。

「ちょ、ちょっとどこ見てるの。エリックくん。そういうことは他の人がいないところでするものだよ」

テレーズがパンツが見えそうなスカートの裾《すそ》を押さえ、よくわからないことをのたまった。

いや別にむらむらしたとかそういうことじゃないんだ。至極真面目な理由でさ。

「タイツみたいなのってあるかな？　服は置いてないとは思うけど、もしあったら」

「細工屋兼鍛冶屋《かじや》ですので、服飾は専門外です。すいません」

やっぱりなかったか。

時間も無いし、テレーズはいつもあの格好で冒険しているわけだから問題ないか。

「おいおい。お前さんにはマリーがいるんじゃなかったのか」

「そういう意味じゃないって！　ちゃんと理由があってのことなんだ」

全く。この髭《ひげ》もじゃも変な勘ぐりをしているのか。

……スキンヘッドもライザも似たような感じだった。

せめて一人くらい俺の真意に気が付いてくれていいものを。

呆《あき》れて首を振ると、テレーズがつま先立ちになって俺の耳元で囁《ささや》く。

「見せるだけなら、みんながいないところで見せてあげるよ。もちろん、マリーちゃんには内緒にしてあげるよ」

「だあああ。違う。違うって！　皆まで言わなきゃ分からないのか……」

大袈裟《おおげさ》にため息をつき、「はああ」と脱力する。

「いいか、俺は回復術師《ヒーラー》としてはまるで使えない。かすり傷程度なら治療はできるが、回復術師《ヒーラー》が必要な場面で十分な治療を施すことができない。言ってて悲しくなってきた……」

「案ずるな。お前の価値は回復術師《ヒーラー》としてだけじゃないさ」

ライザが慰めてくれた。そんな彼女に俺は内心嬉《うれ》しくなる。

彼女がへこむ俺に対して慰めてくれたことにではなく、俺が使えない回復術師《ヒーラー》だと分かっても態度を変えず、一緒に冒険をしようと思ってくれることに、だ。

冒険者時代はゴンザくらいだったものな。使えない俺に対して普通の態度で接してくれたのは。

……ともかく、続きを伝えねば。

「現場で即治療することには向いていないが、ヒールの持続時間が長い。それで宿経営を始めたわけなのだけど、何も冒険中はヒールが使えないというわけじゃないんだ」

「それでパンツを見ようとしていたってわけか？」

「違うってば！　全くこの髭もじゃめ。その考えから離れろ。俺たちが着ている服にヒールをかけたらどうだ？　疲労回復に良いだろ？」

「それならそうと最初から言えってんだよ。包帯でグルグル巻きにすりゃいいんじゃねえのか」

「それも悪くないが、動き辛《づら》くないか……」

靴と服にヒールをかけて肌に触れていればヒールの効果が持続する。

ヒールは単に傷を癒すだけじゃなく、体力回復にもいいからな。

他にもただの水であっても飲むと体内で反応して疲労回復効果がある。この辺りは宿で実際にみんなが体験していることだ。

「それじゃあ。順番にヒールをかけるから並んでくれ」

「ねね。下着にもヒールをかけてくれた方がいいんじゃない？　直接肌に触れているし」

「それはそうだけど、ここで脱ぐわけにもいかないだろ。服の上からヒールをかけたらたぶん下着にもかかる」

「言わなきゃ、下着姿を見れたのにねえ。もう少し機転をきかさなきゃ、ラッキースケベはできないぞ」

「……そういうのはいいから。またさっきみたいになるだろ！」

「あはは。ムキになっちゃって」

「あははは」じゃないんだってばよ。全く、テレーズめ。遊んでやがる。

鉱山に入り、ヒールの効果もあってまるで疲れず、休憩を取ることなく突き進む。

幸い、モンスターにエンカウントすることもなく鉱山部分から自然にできたダンジョン部分へ入った。

四人が行ったことのない方向を選んで進んで行ったら、天井が抜けて光が差し込む美しい場所が遠目に映る。

「へえ。こんな場所があったのか」

「先に探知するね」

テレーズが前に出て両目を瞑《つぶ》る。

アーチャーだと思っていた彼女だったが、本職はスカウトだった。

スカウトはパーティの「目」となる。優れた感覚か探知系の魔法を使いこなし、パーティの誰よりも先に危険を感知し、備える役目だ。

罠《わな》の発見、解除も担う。パーティに一人いると生存率が高まる人気のある職業の一つである。

彼女の場合は魔法を使わず、優れた知覚で探るタイプとのこと。

「……奥にいる。だけど、敵意はないみたい。それと、水の匂いがする。泉に集まった小動物かも?」

「他に何か変わったものはないかな?」

「米だよね。そこ、いっぱい落ちてるよ」

「真っ暗闇なのによくわかるな。人間の目って暗くても見えるんだっけ……」

「あはは。見えない、見えない。スカウトのスキルだよお」

要約すると、テレーズは真っ暗闇でも昼間のように見えるってことか。

他にもスカウトならではの嗅覚《きゅうかく》や聴力を持っているのかもしれない。

米粒を見つけながら辿《たど》っていくのが良かったのだけど、米粒は小さすぎてテレーズでも一粒一粒を発見することは困難だ。

床がフローリングのようにツルツルだったらまだしも、地面はゴツゴツとした岩肌だから米粒がどこかに挟まっていても気が付くわけがない。

ランタンで照らしながら、テレーズが発見したという米粒を確認してみる。

お、おおおお。積み上がるほどに米粒が落ちているじゃないか。ザルマンに米粒を届けてくれた冒険者もここでゲットしたのかな？

早速落ちている米粒を回収できるだけ回収する。

「ここに大量に米粒が落ちているってことは、近くに群生地があるのかも？」

「いや、それだとこの場所だけに積み上がるというのは不可解だ。何者かがここへ置いて行ったのではないか？」

ライザの言うこともっともだ。

この場所だけに米粒が積み上がっていたんだものな。風に吹かれて自然に集まったのだったら、岩壁の隅に溜《た》まっている方が自然だ。

「奥に行ってみよう」

「先頭は任せて」

テレーズが先頭で他の三人がすぐ後ろを固める。俺は彼らの間で護《まも》られる形である。

今回のメンバーさ。テレーズ以外は全員前衛なんだよね。

ライザが大剣。ゴンザが両手斧《りょうておの》。そして、スキンヘッドのザルマンは両手用のハンマーだ。

メジャーな片手剣と盾の組み合わせの者もおらず、威力こそ正義の脳筋パーティ……。魔法使いは数少ないものな、仕方ない。

ゴンザとザルマンのコンビは戦士二人組でよく今までうまく冒険をしてきたよな。そう言えば、ゴンザが手強《てごわ》い依頼の場合はメンバーを増やしているとか言ってた気がする。

「お、おおおおお」

つい叫び声が出てしまった。

だってさ、だってさ。

泉の上には一面に稲が茂っていたんだもの。泉が田に引いた水みたいになって稲が育ったのかな？

ちょうど天井がぽっかりと開いていて陽射《ひざ》しも十分だし。

「こんなところに群生地があったんだね」

「早速刈り取ろう」

「おう、手伝うぜ」

ザルマンがじゃぽんと水に足を入れ、ナイフを稲の茎にあてがう――。

すると、稲が動き、連鎖するように他の稲も一斉に動き始めたんだ！

「やばい！　ザルマン！」

「何だこれ！　亀？」

ゴンザとザルマンが叫んでいる間にも動き始めた稲が水辺から出て来る。

そいつは稲を甲羅につけた亀の一団だったのだ！

亀は甲羅の長さが1メートルから2メートルの範囲で、それぞれが鋭い牙と爪を備えていた。

「お客様の中にテイマーの方はいらっしゃいませんかー？」

「いるわけねえだろ。一旦《いったん》逃げるぞ！　エリック！」

首根っこを掴《つか》まれ、米粒が積み重なっていた場所より離れると亀たちは泉へ戻って行く。

落ち着いたところでライザが口を開いた。

「倒せないことはないと思うが、どうする？　エリック」

「いや、一旦引き返そう。あの亀の甲羅の上でしか稲が育たないのかもしれないからさ」

「分かった。一応言っておくが、私はテイマーではないぞ」

「さっきは気が動転して変なことを口走ってしまったよ。ごめん」

亀の気持ちが分からぬ俺たちでは、どうしようもない。

せっかくゴンザたちに付き合ってもらったけど、今回の冒険はここまでとなった。

求む。テイマー。切実に。

余談であるが、ソードブレイカーは一度も鞘《さや》から出すことが無かったとさ。

◇◇◇

「お客様の中にテイマーは……身近なところにいたじゃないか！」

宿屋「月見草」の軒下で母猫のグルーと子猫のチョコが揃《そろ》って欠伸《あくび》をしている姿を見てピンときた。

そうだよ、そうだったよ。

いたじゃないか、テイマー。

テイマーとは動物と心を通わせ仲良くなる能力を持った者のこと。

俺的には憧《あこが》れの職業であるのだが、残念ながら後天的に能力を身につけることができない。

テイマーとなれる素質を持った者は生まれながらに動物と何らかの共感ができる能力を持っている。

生まれながらの能力な上に、テイマーとなれる素質があるからといって誰もが冒険者として身を立てるわけじゃないのは言うまでもない。

世間にもテイマーに似た能力を持っている人はもちろんいる。

が、せっかくの能力も鍛えなければマリーのように何となく猫たちがやりたいことが分かる程度になってしまうのだ。

マリーの場合はテイマーとしての素質じゃなく種族特性らしいので、鍛えても今以上に猫に対する共感力を上げることはできないとのこと。

「猫ちゃん可愛《かわい》いけど、突然叫んでどうしたの？」

「猫が驚くだろ。声をあげるな」

右は疑問符を浮かべ俺を見上げ、左は両腕を組んでむすっと唇を尖《とが》らせた。

言うまでも無く、右がテレーズで左がライザである。

「いたんだよ。テイマーが」

「そうそう都合よく見つかるものでもないだろ」

呆れたように返すライザであるが、俺はしたり顔を崩さない。

俺の考えが正しければ、きっと彼ならテイマーとしての力がある。

そうと決まればすぐにでも宿に戻るぞ。

「おかえりなさいませ！」

「ただいま。ちょっとうまく行かなくてさ。戻ってきたんだよ」

「ご無事でよかったです！　わたし、みなさんが怪我をしないかと心配で」

「ここに回復術師《ヒーラー》がいる。怪我だったら心配ないさ」

「そうでした！　お料理がおいしいのでつい、忘れていました！」

「はは。料理は嫌いじゃないけどね。ちょっと二階に……の前に食事を作るよ」

満面の笑みを浮かべて万歳するマリーは尻尾《しっぽ》もピンとなって全身で喜びを表現していた。

後ろでも歓声があがっている……。

今日は俺が外出するので、宿では食事の提供を中止していた。予約の客も無かったので冒険に繰り出したのだ。

飛び込みのお客さんが一組だけいたけど、幸い食事が必要無いお客さんだったらしい。

確か珍しいものを入荷できたんだったよな。だけど、量が少なくて……この人数ならいけるか。

取り出したるは紫色で艶《つや》のあるお野菜である。

そう。こいつはナスだ。

半分に切ってボウルに水を張りしばしあく抜きタイム。

その間に他のものを準備しよう。ニンジンを刻んで酢と和《あ》えてゴマを振りサラダにする。

ボーボー鳥の骨付きもも肉があったので、ポメロというレモンと柚《ゆず》の間のような果物を準備しておく。

ボーボー鳥のもも肉に薄く味噌《みそ》を塗り、オーブンへ投入。

あくが抜けたナスを白い部分を下にしてフライパンに載せ、蓋《ふた》をしてじりじりと焼く。

こんなもんかな。

出来上がったらたっぷり味噌を塗り完成だ。

「ゴンザ。ザルマン。そこの保冷庫からビールを出してもらえるか？」

「いいねえ。話が分かる」

ウキウキで二人が保冷庫から瓶ビールを出してテーブルに運び始める。

こっちはこっちでマリーらに手伝ってもらい、食事を並べてもらった。

俺は最後の仕上げ。

フランスパンのような長いパンを切ってバスケットに突っ込む。

「マリーとテレーズは水かブドウジュースな」

「え、私も飲みたいんだけど……」

「飲むなら部屋に行ってからにしてくれ」

「えー」

ぶーぶー言うテレーズをマリーが「まあまあ」と宥《なだ》めてくれた。

マリーは一度だけお酒を飲んだのだけど、フラフラになってしまって、それ以来飲んでいない。

テレーズはここで脱がれたりすると困るので禁止。

料理が出そろい、みんなが座ったところで手を合わせる。

「いただきまーす」

「いただきます！」

マリーと俺の声が重なり、お待ちかねのお食事タイムとなった。

品数は少ないものの、肉体労働者ばかりなので量はたんまりとある。

腹いっぱいになるまで食べてくれ。万が一、足らない場合は追加で作るからな。

「あ。言い忘れていたけど、食事と宿代は要らないからな。今日、俺の冒険に付き合ってくれたお礼だよ」

「仲間に礼をもらう筋合いはないいな……そうだ」

何かを思いついたらしいライザ。

続いて彼女はゴンザに目くばせする。すると彼も何か思いついたのか、パチンと太い指を鳴らした。

「この場はありがたく奢《おご》られておくぜ。今度またこのお礼を持ってくるから楽しみにしててくれよな」

「はは。楽しみに待ってるよ」

和やかな雰囲気だったのはここまで。

料理に口をつけ始めると、みんな猛然とした勢いで口に食事を運ぶ。

「ニンジンのサラダおいしい。酸っぱいのかなと思ったけど、これはこれでいいね」

「酢って街じゃ料理に使わないからな。俺は好きなんだけどどね」

刻んだニンジンの酢漬けとでもいうのだろうか。シャリシャリしてゴマがいいアクセントになっている（自画自賛）。

「味噌ってなんにでも合うんだな。街でも味噌で味を付けたレストランがありゃいいんだが」

「あ。味噌汁を作るの忘れてた。明日の朝のお楽しみにしてくれ」

「肉にも、このナスだったか？　ナスにも合うな。俺は肉が好きなんだが、このナスと味噌、ビールによく合う」

「だろだろ。こいつはビールのために作ったと言っても過言ではないんだぞ」

ビールという単語が出て来たらテレーズが恨めしい目でじとーっと俺を見ていた。

しゃあないなあ。もう。

「ライザ。一杯だけだったらいいかな？」

「仕方ない。コップ半分だけだぞ」

「うんうん。半分だけ。半分だけ」

結局、俺もライザも彼女の目力に負けて許可を出してしまった。

尻尾があればフリフリと振っていそうなテレーズに微笑《ほほえ》ましいものを……感じなかったな……。

「おいしいいいい。肉とビール。黄金コンビだよね」

「おっさんか……」

「おっさんは俺たちだな」

「んー」と拳《こぶし》を握りしめるテレーズに突っ込むも、ゴンザが素で返す。

さりげなく、ビールを更に注《つ》ごうとしたテレーズの手をむんずと掴むライザ。

あははと大きな笑い声が響き、やりたいことがある俺は彼らを横目に二階へと上がる。

小分けにした食事を持って。

使っていない客室……ではなく俺の部屋へ入った。

天井を見上げ、壁をトントンと叩《たた》いてから呼びかける。

「いつもと違う時間にごめん。もし出てこれたら来て欲しいんだ。相談したいことがあって」

見上げたまましばし時間が過ぎた。

天井裏がゴソゴソと動き、アメリカンショートヘアのような白黒のマーブル柄の猫がストンと降りて来た。

この猫の名前は見た目まんまマーブルというマリーの飼い猫のうちの一匹だ。

猫の背に乗るのは三角帽子を被《かぶ》ったコビト、ストラディであった。

「いい香りに惹《ひ》かれて来てしまったよ」

「差し入れだよ。いつも掃除をしてくれてありがとう」

「礼には及ばない。ケットを借りているからね。どうしたんだい？　こんな時間に？」

「実は一つお願いしたいことがあってさ。ストラディならひょっとしたら、と思って」

そう前置きしてダンジョンの泉に生息していた亀たちのことを彼に伝える。

対する彼は「ふむ」と顎《あご》に手をやり何やら浮かんだ様子。

「亀の群生地かい。彼らがケットと同じように言葉が通じるかは行ってみなければ分からない」

「背中に生えた稲に触れようとしたら怒って一斉に追いかけてきてさ」

「武器を持って寄っていったのではないかな？　どのような動物でも自分が狩られるとなれば必死で抵抗するものさ」

「確かに言われてみれば……そうだ。ナイフで稲を刈り取ろうとしていたから」

「役に立てるかは分からないが、見てみるだけなら協力しよう」

「本当に！　ありがとう！　身の安全は保障する。頼りになる冒険者たちに同行してもらうように依頼するから」

「いつ行くのか言ってくれたまえ。同行させてもらうよ」

パチリと片目を閉じるストラディに「うんうん」と激しく首を上下に振った。

よおし、よおし。一歩前進だ。待っていろ。俺の米たちよ。

どうにかなるのかは分からないけど、試す手段があるのと無いのとでは大違いだ。


思い立ったが吉日というじゃないか。

その言葉通り、まだ一階で飲んでいたゴンザらに話を持って行った。

そして翌日。前日のメンバーにストラディとニャオーを加えたパーティでダンジョンに向かったんだ。

二日連続でダンジョンに向かうことになるなんて冒険者を辞めた時には思いもしなかったよ。

コビトの乗った猫がちょこちょことついて来ている姿に頬が緩むのは俺だけじゃないはず。

テレーズだけじゃなく、ライザまでチラリと見ては笑みを隠しきれていない。

スキンヘッドと髭《ひげ》もじゃはさすがおっさんの貫禄《かんろく》で、いつも通りである。

テレーズにはしっかりしてもらわないと、モンスターに奇襲されたらたまったもんじゃないんだけど……。

しかし、その心配は杞憂《きゆう》に終わる。

無事、くだんの天井がぽっかりと開いた亀がひしめく泉に到着した。

「どうかな？」

今度は亀たちを刺激しないように米が積み上がっている辺りより近寄らず、ストラディに声をかけた。

対する彼は懐から小さな小さなフルートを取り出し口につける。

ピーヒョロロー。

お、思っていたのと違う音色にこけそうになった。

コビトが奏でる音楽なのだから、もっと、こう、さ。

ピーヒョロロー。

俺の想いなど知る由もないストラディが再度笛を吹き鳴らす。

「ふむ。ケットのように言葉を交わすことはできないものの、訴えかけている感情の色くらいなら分かる。今はこちらに敵意が無いことを示したんだよ」

「そ、そうなんだ。それで、敵意が無いと伝わった？」

「もちろんだとも。彼らは少し困っているみたいだね」

「困っている？」

「『痒《かゆ》い』のだそうだよ。だから、ほら。そこに擦《こす》り付けた跡があるだろう」

擦り付けた……とは。

ストラディが指すのは米が積み重なった場所だった。

あ。そういうことか。後ろの岩がいい感じに出っ張っていて亀の甲羅から伸びる穂先に丁度いい高さってわけか。

それであの場所にだけ米があった。

言われてみれば納得である。

「もし分かれば教えて欲しい。痒くなるのは背中に生えた稲なのか、それとも米……粒の部分だけなのか？」

「粒状の部分みたいだね。茎は勝手に生えてくるそうだが、特に無くても困らないみたいだね」

「じゃあ。俺たちが茎半ばから穂を刈り取れば痒くなくなるんじゃないかな？」

「伝えてみよう」

ニャオーから降りてトコトコと亀に向かうストラディに慌ててゴンザとザルマンが護衛につく。

亀に襲われてストラディが丸のみされちゃったら事だからな。ナイスアシストだ。

心配するおっさんずに対しコビトは涼やかなものだった。

淀《よど》みなく進み、水辺に足をつけようかというところで立ち止まる。

声を発していないが何やらやり取りをしているのだろう。

しばらく待っていたら、話がまとまった様子で亀一匹が水辺から出てきた。

「許可が出たよ。エリック。君だけこちらに。他の者は少し離れてもらえるか」

「分かった」

言われた通りにゴンザとザルマンと俺が入れ替わる。

亀たちが手の平を返して襲い掛かって来ることも予想されたが、前回の経験から彼らの足は俺たちが駆けるより遅い。

いざとなればストラディを拾って全力疾走したら逃げ切れる。

それに前に出ている亀は一匹だけだ。

「稲を刈るにしても、ナイフを出しても大丈夫なのかな？」

「他の武器は地面に置いてもらえるか。ナイフを彼に見せてから始めてもらえれば大丈夫だ」

よっし。

じゃあ。失礼して……。

ソードブレイカーと弓を地面に置いて、一番小さな採集用のナイフを握る。

これだよ、と亀に見せてからゆっくりとした動作で稲の茎に手をやる。

ナイフを茎に当てすっと刃を通した。

「大丈夫そうかな？」

「問題ない、みたいだね」

「じゃあ。全部刈るよ」

そんなわけで、前に出てきた亀の背にある稲を全部刈り取る。

「感謝を示しているね。他の亀たちも稲を刈ることを希望しているみたいだね」

「分かった。手分けしてやってもいいかな？」

頷《うなず》くストラディの姿を確認し、右手をあげ他のみんなを呼ぶ。

大豊作だ！

米が手に入った。ストラディの情報によると、刈ったとしても一定期間が経過するとまた稲が甲羅に生えてくるんだってさ。

何と言う永久機関。俺の分だけでもと邪《よこしま》な事を考えていたが、宿屋でも米が提供できそうだ。

何より米があれば調味料にも酒の原料としても使える。

広がる夢にニヤニヤが止まらない。

米が手に入った。もう一度言おう。米が手に入った。

刈り取った稲を全て持って帰ってくるのに多大なる時間がかかったが、米が手に入るなら大したことはない。

俺以外もさすが冒険者。

丸一日作業となっても全然平気な様子だった。その代わり、米料理を食べさせろよ、と釘《くぎ》を刺されたけどな。

米はすぐに食べることができないのだ。

籾《もみ》という名の殻が付いているからね。籾を剥《は》ぎ取るのにどうやったらいいのかを模索していたんだ。

その前に穂についている粒々（籾）を集めなきゃならん。

軒下に積み上がった稲穂を前にして、茶碗《ちゃわん》いっぱいに盛ったほかほかご飯を想像していたら、遠慮がちにマリーが声をかけてきた。

仕事を終えたゴンザら冒険者たちとは既に別れており、この場にいるのは俺とマリーだけだ。

「あ、あのお。エリックさん。まずは何をすればよいでしょうか？」

「あ。そうだな。まずは。稲穂から籾を取って……手でやるには二人だといつまでかかるやら、だよな」

「手が空いた時にやっていきましょうか。そうだ。エリックさん！」

「ん？」

両手を胸の前で合わせてぱああと幸せそうな顔をするマリー。彼女の動きに合わせてなんだか猫耳も嬉《うれ》しそうだ。

彼女の屈託のない笑顔に自然と俺の心も癒される。

「お部屋に運びませんか？　寝る前に少しずつ粒を取っていくんです！」

「おお。いいかもしれない。自室に入るまでは何かしら作業をしているもんな」

「はい！　えへへ。お役に立てました」

「いつもお役に立ってくれてるよ」

にこやかにさりげなく返すと、マリーは「え」と固まった後、かあああっと真っ赤になった。

前世と異なり、思ったことは口に出さないと伝わらないことを痛感していたからな。特に冒険者時代。

彼らは気になることがあれば遠慮せずに口にする。それで関係性が悪くなることは無かった……たぶん。

俺の場合はパーティ内の空気が悪くなることが殆《ほとん》どだったけど、それは歯に衣着《きぬ》せぬ言葉ではなく自分の能力の低さにがっかりされたからだ。

冒険者になる前でも、心に秘めず口にしておけばと後悔することが何度かあった。

モンスターの蔓延《はびこ》るこの世界は、現代日本に比べ人の命が軽い。だからこそ、より短い時間でお互いを理解し合わなきゃいけない文化がある。

いや、これは冒険者だけかな……。

街には奥ゆかしい人もチラホラいる。

俺は冒険者になるつもりだったから、冒険者になる前でも元冒険者とか冒険者に接することが多かったから、かもしれん。

ともあれ、真っ赤になったマリーは肘《ひじ》を折り胸の前で両手を中途半端に開いた状態で指先がカクカクしている。

素直な気持ちを言っただけなのに、どうしたんだろうか……。何か彼女の地雷を踏んでしまったのかも？

「う、嬉しいです！」

「いつも頑張ってくれてて、本当に本当に感謝しているよ」

「わ、わたしも拾って頂いて、本当に本当に感謝しています！　街で何とか生きてきたわたしに、こんな良くしてくださるなんて。想像もしていませんでした」

「休みなく働いてもらって、申し訳ないと思ってる。七日に一回くらいは休暇が取れるようにしようと思ってるから、もう少しだけ我慢して欲しい」

「我慢だなんて……全然そんなことないです！　わたし、これほど毎日が楽しいなんてこれまでなかったです！　エリックさんのお料理はとてもおいしいですし、温泉は気持ちよくて、自分の部屋に暖かい布団。もう幸せ過ぎて明日には無くなっちゃうんじゃないかと不安です」

「充実しているのは俺もだよ。君がいてくれなかったら、まだ宿を開くことだってできてなかったと思う」

お互いに褒め合い、何だか照れ臭いな。

休みが無いことを申し訳なく思っているのは本心だ。

休み無しとかどんだけブラック企業だよ、って話で……俺も俺で羽を伸ばさないと、とは思っている。

微妙な間ができ、俺は頭をかき、もう一方のマリーは首を傾《かし》げ耳をヘナッとさせた。

「ま。（稲を）運ぼうか」

「はい！」

そんなわけで、この日は稲を半分に分けて自室に運び込む。

……多すぎだろと後で後悔したが、マリーの手前不満を口にすることができなかった。

ベッド以外が稲で埋まっているという、足の踏み場を確保するにも精一杯という部屋になってしまったんだよな。

そのうち減るから、良しとしよう。部屋のお片付けと思って稲から籾を取る作業をしようじゃないか。

◇◇◇

翌朝――。

「ふあああ」

お客さんがいなかったので、食事をとってすぐに寝てしまった。

冒険に稲の作業が加わり、動きっぱなしだったものな。

うーん。朝日が心地よく俺を刺激する。朝の目覚めは朝日があるのと無いのとでは全然違うよな。

日が昇り、陽射しを浴びて一日が始まる。

前世では陽射しが目に痛いとか思ってたけど、人間は朝日を浴びることによって活動スイッチが入るものなのだ（持論）。

「さてと。今日も仕込みから頑張りますか！」

伸びをし、窓際を眺める。

何かが目に映った。

そして、目が合った。

モサモサした灰色、黒、白が混じった毛並みを持つ大型のサルといった見た目の動物が長い尻尾《しっぽ》で窓枠にぶら下がっていたんだよ！

「え。えええ！」

思わず声が出る。

しかし、そいつは丸い黒い目をぱちくりさせ特に動揺した様子もない。

何てふてぶてしい動物なんだ。

「すみよんでーす」

「喋《しゃべ》ったあああああ。サルが喋ったあああ！」

「サルじゃないでえす。すみよんでーす」

「サルの一種じゃないのか。俺の記憶によるとワオキツネザルってやつだろ。その白黒灰色は」

「種族名はワオでえす」

「こっちにもいたんだ。ワオキツネザル。しかも、喋る」

「すみよんだからでえす」

頭痛が痛いとはこのこと。

喋ることができるのに会話が通じない。

どうすりゃいいんだ、こいつ。放置しておいてもいいのだけど、宿を荒らされたくないしな。もう少し対話を試みてみることにしようか。

「ええと。ここには何しに？」

「秘密でえす」

「……も、もういいや。見学したら帰れよ」

「待ってくださーい。ワタシが名乗ったんでえす。名乗るのが筋というものでえす」

「あ、そうね。俺はエリック。よろしくな」

「エリックさーん。ワタシは」

「すみよんだろ」

「そうでえす。すみよんでーす」
ダ、ダメだこら。
窓枠にぶら下がるワオ族のすみよんとやらとの問答を打ち切り、ベッドから降りる。ん。

あれ、部屋が妙にスッキリしているような。

「え、えええええ！　まさか。すみよんが？」

所せましと積み上がっていた稲が全て無くなっていて、白米が部屋の隅にまとめられているじゃないか。

一夜でここまでやってのけるとは、おバカさんな動物と思っていたが考えを改める必要がありそうだ。

頼んでもいないのに精米までしてくれるとは一体全体どういうことだ？

米粒を摘《つ》まみ手の平に載せ、状態を確かめる。な、なんと乾燥までしているじゃないか。

米はある程度乾燥させないとおいしく食べることができない……という記憶だ。まさか一夜でここまでやってのけるとは。

この動物が欲しい……。

しかし、俺の心を完全に裏切るすみよんの一言。

「知りませーん。ワタシが来た時には既にそこに白い粒々がありましたー」

「帰れ！」

「帰りたいのはやまやまですがー。弟子がまだ遊んでいるみたいでえす」

「……弟子。その弟子とやらが精米を？」

「はて？」

訂正。すみよんは見た目通りおバカさんな動物だった。

特技は人の言葉を喋ること。はい、終わり。

ドンドンドン。

扉が激しく叩かれる。

「エリックさーん！　き、来てくださいいい」

「どうした？」

「キッチンに人がいるんです！」

「あれ？　宿泊客はいなかったはずだよな」

「そ、それが」

「すぐ行く」

白米のことは後回しだ。まずは息を切らせてやって来たマリーと共に階下へ向かう。

呼んでもないのにすみよんが俺の背中に張り付きついて来た。邪魔なんだけど……振り払うのも時間が惜しくそのままキッチンへ。

「うわあ……」

思わず変な声が出てしまった。

キッチン台にだらしなく腰かけた何者かの赤毛が真っ先に目に映る。

艶《つや》やかな長い赤髪にマリーと同じような獣耳。彼女の場合は猫じゃなく狸《たぬき》だった。

年の頃は人間なら二十代半ばってところか。俺たちが来ても乱れた服を直そうともせず、酒瓶に直接口を付けている。

これがすみよんの「弟子」なのか？　師匠も師匠なら弟子も弟子だな。どっちもふてぶてし過ぎるだろ。

「その酒瓶……！　ちょ。待て！」

「これわあ。わあたしいのらあ」

抵抗する赤毛の狸耳から酒瓶を引っぺが……そうとしたが両腕で抱きかかえられてしまった。

その酒瓶。秘蔵の芋焼酎《いもじようちゆう》じゃないかよおお。更に半分減っているじゃないか。

もはやコップ一杯分も残っていない。

冒険に行くからと飲むのを控えていたんだ。他にも酒がいっぱいあるというのにピンポイントで芋焼酎を飲むとは酷《ひど》い。酷すぎる。

「マリー。他に被害が無いか確かめてくれ」

「無いです！」

マリーが即答した。

理由はすぐに分かったよ。他の酒瓶はマリーが並べてくれたまま全く動いていない。

別に取って置いた芋焼酎だけに手を付けたことは一目瞭然《いちもくりようぜん》だ。

「酒を盗みに来た割には酒に弱すぎないか……」

「そんなことはないのらあ。残りも」

「こら、待て。それは俺の楽しみにしていた芋焼酎なんだぞ」

「一緒に飲めばいいのらあ」

と言いつつ狸耳は酒瓶に口を付ける。

待てや、こらああ！

キッチン台に腰かける狸耳に覆いかぶさるようにして酒瓶を掴《つか》む。

観念したのかようやく彼女は酒瓶から口を離し……。

「う……」

唐突に彼女に口付けをされ、彼女の口の中に入っていた液体が流し込まれた。

「あははは。ほらあ。ちゃんとお。一緒お」

「うめえ。……じゃなくてだな！　とにかくその酒瓶を渡せ」

「いやらあ。まだ残ってるもおん」

「マリー。手伝……」

ダメだ。マリーは口付けシーンを見てしまった衝撃であわあわして固まってしまっている。

こいつを何とかするには酒が抜けるまで待つか……あ。いたじゃないか。師匠とかいう変な動物が。

師匠も師匠なら、弟子も弟子だな（本日二度目）。

「おい、すみよん。この酔っ払いは弟子なんだよな？」

「そうでえす。困った弟子なんでーす」

「俺がもっと困ってるわ！　何とかしてくれよ！」

「そのうち元に戻りまーす」

「酒瓶を持ってる限り戻らねえだろ！」

「仕方ないですねー。すみよんに任せてくださーい。これは貸しですよ」

「ふざけんなあああ！　勝手に盗みに来て、貸しもクソもあるか！」

「そんな態度でいいんですかー。すみよん、ぼーっとしますー」

「ち、ちくしょう！　俺がやる。俺が！」

ワオキツネザルに頼んだ俺がバカだった。

再度、狸耳ににじり寄り、酒瓶に狙いをつける。

すると、彼女がとんでもないことを言い始めた。

「わあたしいのお酒を取ろうというならああ。ポロリするうう」

「……この酔っ払いが……分かった。その残り、一緒に飲もう。もうそれしかない」

「仕方ないなあ」

「今度は俺から口移しするから、瓶は手に持ったままでいい。俺の口に瓶を」

「うんー。いいよおお」

ゴクゴク。

うめええ。念願の芋焼酎をやっと普通に飲むことができた。

もちろん。口移しなんてするわけない。せっかくの芋焼酎を誰がやるものか。

全て俺の胃の中に納めてやった。朝起きてすぐに酒を直接流し込んだので、胃が熱い。

朝っぱらから飲むのも悪くないな。

この程度じゃ酔いも回らないのはよいのだが、もっと飲みたくなってしまう。

いかんいかん。今日は今日で仕込みやらしなきゃなんないのに。

「あああ。いーけないいんだああ。約束を破ったらあ」

「これは俺の酒だからな。その点分かってるのか……この盗人《ぬすっと》め」

「わたしいが見つけたんだもおん。魔法を使ってえ」

「無駄に性能が高い魔法だな……」

「あははは。とうぜえん。とううぜえええん。だってえ。わたしいは赤の魔導士と呼ばれているんだからあ」

「赤の魔導士……マジかよ。この酔っ払いのセクハラ娘が……」

「ひどおおいい」

こんな変態が赤の魔導士なんて、世の中どうかしている。

王国では伝説級の魔法使いとして噂《うわさ》される魔法使いが三人いるんだ。

星屑《ほしくず》の導師、湖の賢者、そして赤の魔導士。

三者とも一時期冒険者として在籍していたことがあり、その頃に類まれな実力から二つ名で呼ばれるようになった。

底辺冒険者の俺からすればＳＳランクの実力を持つ魔法使いなんて雲の上どころじゃない。

冒険者を辞めた今となっては憧《あこが》れも何もないが……いくらなんでもこれが赤の魔導士なんて酷すぎる。

噂をするのは星屑の導師と湖の賢者だけにしてもらえるか？


「はじめまして。私はスフィア。この度はとんだご迷惑をおかけしました」

「分かってくれればそれでいいんだ。この宿屋『月見草』を経営するエリックだ」

正座して三つ指をついて深々と謝罪する酔っ払い狸耳ことスフィア。

この姿には先ほどまでのだらしない酔っ払いの面影はない。

さりげなく「はじめまして」とか言ってるけど、酔っ払っていた時のことは覚えているんだろうか？

彼女は今回盗みに入った経緯と反省を述べ始めた。

「飲んだことのないお酒を感知して。それで、場所もそんなに遠くないし。居ても立ってもいられず……つい、口を付けてしまったの」

「魔法で酒を感知することができるの？」

「ええ。百キロ以内であればハッキリと場所を知ることができるわ」

「さすが、赤の魔導士。酒瓶なんて小さな物を百キロ範囲で感知できるなんて、魔法の常識を超える」

「え、エリックさん。私が赤の魔導士ってどうしてわかったの？　私、あなたと会ったことがあったかしら」

「さっき。自分で……」

形の良い顎《あご》に指を付け、先ほどあった惨劇を思い出そうとしているスフィア。

やっぱり全部記憶が飛んでいたんだな……。忘れているなら忘れていた方が俺にとっても彼女にとっても、ついでにマリーにとっても良い。

しかし、俺の想い虚しく、やはり彼女は無駄に高スペックだった。

思い出したのか、かああと彼女の頬が赤くなり目が泳ぐ。

「わ、私。何てことを。飲む時は必ず一人でって決めていたの。今回だってここの家主から酒瓶を買い取ろうと思っていたんだけど、初めて見るお酒の誘惑に負けて……」

「い、いや。もう済んだことだ。次から気を付けて……」

「あなたの貴重なお酒を飲んだばかりか、はしたないことまで。ご、ごめんなさい！」

「お詫《わ》びにポロリとかは止《や》めてくれよ」

「そ、そんなことしないわ！　酔っ払った時の私は酷いって自分でも知っているの。酔っ払っている最中のことは、後から思い出そうとすれば思い出せるの」

酒は飲んでも飲まれるな。人の振り見て我が振り直せ。

この教訓がこれほど身に染みたのは今この時が初めてである。

テレーズも酒癖が酷いけど、ここまでじゃない。

「赤の魔導士様はありとあらゆる酒を飲んだことがあると？」

「その呼び名は恥ずかしいわ。スフィアと呼んでもらっていい？」

自分で名乗ってただろうが。二つ名が恥ずかしいとは。素のスフィアとは気が合うかもしれない。

酔っ払いのスフィアはご免被るけどね。

「スフィアさん。スフィア。どっちでもいいのかな」

「どっちでもいいわ。お酒のことだったわよね。近隣の街にあるお酒で私に知らないものはない……はずよ。あなたが所蔵していたような新しいお酒以外はね」

「ある意味良い情報を得たよ。芋焼酎を出す店が無いってことだよな。うちの宿に来れば芋焼酎が飲めるとなれば、アピールに使える」

「芋焼酎って言うの？　ねね。どうやって作るの？」

「作り方は……いや」

「私が芋焼酎で商売をしようとすることを警戒している？　それはないわ。飲んでしまったお詫びに芋焼酎を私の魔法で造ろうと思って」

「魔法で酒を造る？　聞いたことも無い。そもそも酒は熟成させるのに時間がかかるんだ」

「そこよ。その熟成を魔法で瞬時に行うことができるの」

「マ、マジかよ。そうだ。スフィア。もう一つか二つ、別の酒のレシピも俺の頭の中にある。そこで頼みと言ってはなんだが……」

この酒好きに廃村に住んでもらって、酒の供給をしてもらいたい。

いや、住んでもらう必要もないのか。一瞬で熟成が完了するなら、準備してえいやで酒が完成する。

何としてもこの人材、離すものか。俺専属の酒蔵の主になってもらいたい。

材料の調達は全て俺が行う。彼女には酒瓶いくつかと報酬を渡せば……。

「楽しそう！　お詫びも兼ねて協力させてもらうわ。ついでと言っては何だけど、しばらくここに住んでもいいかしら？」

「ここって？　この宿に？」

「宿のお部屋を占領しちゃったら、あなたが商売にならないでしょ。隣に住処《すみか》を作ってもいい？」

「もちろんだよ。歓迎するよ」

とんとん拍子に進んで怖い位だ。

しかしここに来て、俺は大きなミスをしていたことに気が付く。

それは――。

「ごめん。マリー。勝手に話をしてしまって」

「い、いえ！　スフィア様がいらっしゃれば大助かり、ですよね！」

そう。マリーの意見を全く聞いていなかった。

焦ったように言葉を返す彼女は、俺と目が合うと真っ赤になって視線を逸らす。

「マリーさん。酔った勢いであなたの恋人に粗相を……すいません」

「い、いえ。そんな。そういう関係では……」

察したスフィアが平謝りするも彼女は両手と尻尾《しっぽ》をパタパタさせて首を振るばかり。

落ち着いたところでもう一度、彼女に率直な意見を聞いてみよう。

「酒蔵兼住居を作ってくるわ。また後でね。マリーさん、もう少し、エリックさんとのこと聞かせてね」

「は、はいい」

いたずらっぽく片目を閉じる赤毛の狸耳は、絶対この状況を楽しんでいる。

そもそも彼女が侵入しなきゃ、こんなことになっていないってのに。後始末も含めてフォローしてくれよお。

一応、謝罪はしたのか。何だかモヤッとするぞ。

「まずは朝ごはんにしようか。少し時間がかかってもいいかな？」

「はい！　あ。エリックさん！　スフィア様のことですっかりお伝えし忘れてました！」

「米のことかな？」

「エリックさんのお部屋もですか⁉」

「スフィアだとは思えないし、一体誰が……あ、ひょっとして」

俺の部屋だけじゃなくマリーの部屋も精米済みだったとは。

スフィアは飲んだくれていただけ、ワオキツネザルのすみよんは自分じゃないと言ってた。

となると、自《おの》ずと答えは絞られてくる。

「マリーは米を移し替えてもらえるか？　俺はその間に朝ごはんを作るよ」

「承知しました！」

精米のお礼もしなきゃな。

今日の朝ごはんはもちろん米を使うぞ！

朝だから朝らしい和食にしよう。


同じ釜《かま》の飯を食う、という言葉がある。

寝食を共にした仲間ってことなのだろうけど、飯といえばほかほかのご飯だろ。

釜はないが、鍋《なべ》がある。

炊飯器なんてものはもちろん無いので、鍋でご飯を炊くのだ。

任せておきたまえ。飯盒炊《はんごうすい》さんで鍛えた腕を見せてくれるわ。

飯盒なら細工師のポラリスに頼めば作ってくれそうだよな。ついでに釜も作ってもらおう。

ふ、ふふ。想像するだけで夢が広がる。

米があれば調味料だけじゃなく、酒も作ることができるし。大豆と並び日本食には必須《ひっす》の食材である。

念願の米を手に入れたぞ（何度目だよ）。

始めちょろちょろ中ぱっぱ、という名言通り。

最初は弱火で、そして火力を上げて蓋《ふた》をした鍋を加熱する。

待っている間に他の食材を調理してしまおう。

ワカメと味噌汁《みそしる》に……新製品である豆腐を加える。豆腐も作るのに少し苦労した。

隠し味に豆腐を作る時に完成した豆乳を垂らす。

ワカメをいつどこで手に入れたのかって？　それは昆布を採集した小川でだよ。ワカメも小川に自生していたんだ。

そして、豆腐。豆腐は醬油《しょうゆ》と同じくらい力を入れて開発していた食材なんだ。

豆腐ができれば同時に豆乳もできるし、豆乳があれば牛乳のように豆乳チーズってものも作ったりできる。

個人的には牛乳で作るチーズの方が断然好みだ。幸い、牛乳とチーズは手に入るので豆乳チーズが活躍する場は無さそう。

そして、酢に漬けたキュウリだろ。後は、魚を塩焼きしよう。

あ。そうだ！

「じゃじゃーん」

自分で変なことを口走るほどテンションがあがってしまうのも仕方ない。

味噌樽《だる》はいつの間にか五樽もあるんだけど、そのうち一つが底をつきそうになっていた。

それでな。

自家製味噌を作った時ってさ、表面に液体が浮かんでくるんだよ。

これを味噌だまりって言って、味噌にカビが付き辛くなるとかならないとか……。

味噌作り初心者の俺としては、味噌だまりをおいそれと取っ払うことができなかった。

しかし、もう味噌が無くなるとなれば味噌だまりを採取することを解禁してもいいだろと言うわけなのだよ。

味噌だまりって何だよ、おいしいのかよと疑問が浮かんだかな？

おいしいんだよ！

凝縮された味噌の旨味《うまみ》が詰め込まれ、味わいとしては味噌と醤油の中間といったところ。

ぺろ。

「こいつはうめえええええ」

魚の塩焼きはやめだ。味噌だまりを使うぞ。

炭を用意。この世界には七輪のような鉢がどこの家庭にもある。

熱源が薪か魔道具か炭だからね。

じりじりと魚を炭火焼にしつつ、味噌だまりを少しだけ垂らす。

後は、ポメロというレモンと柚《ゆず》の間のような果物を半分に切って皿に置く。

これで完成だ。

丁度ご飯も炊けたようだし、マリーの様子を見に行こうぞ。

階段を登ろうとしたら彼女にエンカウントしたので、朝食と相成った。

「ふああ。これがお米なんですね！」

「うん。蓋を取ってみて」

「はい！」

マリーが尻尾をピンと立て鍋蓋をそっと取る。

ぶわっと湯気があがり、おいしそうな香りが漂ってきた。

マリーにとっては初めての炊き立てのお米の香りだったがどうだったろうか？

彼女は目を細めて、ピンと立ったぴかぴかの米粒を見つめている。

ピンと立っているのには隠し味効果もあるのだ。高級なハチミツを少し入れたんだよね。

炊飯する際にハチミツを入れて混ぜて炊くと米がピンとなるんだ。

「パンの代わりに食べるんだよ」

「お魚と一緒に、ですね！」

「うん。あと、米と言えばこれなんだけど、フォークとナイフでももちろん構わない」

「これは？」

「箸《はし》という食器だよ。こう持って」

「こうですか？　あうう」

「す、すまん。強く握り過ぎたか」

箸の持ち方が違ったので彼女の手に自分の手を被せて指導しようとしたら、彼女が手を引っ込めてしまった。

突然触れられたことにビックリしたのか、強く握られて痛かったのかは不明。

彼女は人間と違って猫の獣人だからなあ。人間と同じ感覚で接しているとたまに思ってもみなかった反応をされて戸惑う。

別に嫌な気持ちになるわけじゃないんだけどね。人間は人間。猫の獣人には猫の獣人。それぞれ特徴があるものだから。

猫の気持ちなら分かってみたいと思うけど、すみよんの気持ちは分かりたくもない。

俺が思うところはそんなもんだ。

食卓に並んだ朝食を見て満足気に手を合わせる。

「いただきまーす」

「いただきます！」

マリーも俺と同じように手を合わせ、フォークとナイフを手に取る。彼女の傍《そば》には箸も置いてあった。

交互に使って箸も使えるようになりたいそうだ。

使い始めたらすぐに慣れると思う、と彼女に言っておいた。

まずは、米だ。米だろ。

ほかほかでぴかぴかの米を箸で取り、口に運ぶ。

「お、おおおお。米だ。まさしく米だよこれ！　僅《わず》かな甘みもあり、これだけでもいける！」

酢に漬けた切り分けたキュウリをしゃりっとかじりつつ、ご飯をかきこむ。

漬物とご飯を一緒に食べたかのように、懐かしい味に思わず目元が潤んだ。

お次は焼き魚に行ってみよう。

そのまま食べてみる。川魚だけど塩を振らずに焼いてみたが、味噌だまりのふんわりした味がバッチリだ。

しかし、俺は更に贅沢《ぜいたく》をする。

味噌だまりを魚の身にちょんとつけてご飯に載せ、あんぐりと行く。

「これは絶品だ。ご飯に魚、そして醤油ぽい味噌だまり。これぞ和の祭典」

「おいしいです！　このタレは味噌だまりと言うのですか？」

「うん。味噌の旨味が凝縮して出てきた液体を味噌だまりと言うのだけど、味噌樽一つから僅かしか取れないからさ。マリーにも味噌の仕込みをしてもらってるから液体の量を知っていると思うけど」

「はい！　カビにくくするために残している、とエリックさんがおっしゃっていました。味噌が無くなったら捨てると思ってたのですが、素晴らしい調味料ですね！」

「うんうん」

「それに、ご飯ももちもちで柔らかくておいしいです！　パンとはまるで異なりますが、わたしはご飯も好きになっちゃいました」

「苦労して持って帰って来た甲斐《かい》があったよ」

「ゴンザさんたちにもご馳走《ちそう》しなきゃ、ですね」

「その前に。お礼をしなきゃならない人がいるんだ」

そう。精米をしてくれたあの人たちに。

ご飯を持ってお礼をしに行こう。


「余計なことをしたと思ったが、喜んでくれたようで何よりだよ」

「大助かりだったよ。これ。炊き立てご飯とおかずなんだけど、みんなで食べて」

「これだけあれば全員が満腹になる。君の料理は変わっていてコビト族の間でもとても好評だ」

「いつも助かってるし、せめてものお礼さ」

「ははは。それはお互い様さ。君とマリーをコビトの里に招待したいと皆言っている。君のサイズじゃ、入口を通過できないのが残念でならない」

思った通り、精米をしてくれたのはコビト族だった。

自室でストラディに呼びかけるとすぐ出てきてくれて、お礼を渡したんだ。

そう言えば、彼らって暖炉の奥から出てきていたよな。最近彼らを呼ぶ時はいつも俺の部屋なのだけど、暖炉の方が良かったりする？

「どうしたんだい？」

「あ。いや。大したことじゃないんだけど……」

疑問に思っていることを口にすると、ストラディは三角帽子に手を当てて気障《きざ》っぽく口笛を鳴らす。

「入口を変えたのさ。暖炉はいつも君の客がいるだろう？　君の部屋の天井裏なら君しかいないからね」

「そういう事だったのか。わざわざ天井裏まで来てくれているのかと思ったよ」

疑問も晴れたところで、ストラディにもう一度お礼を言ってから、階下に向かう。

マリーの皿洗いもちょうど終わったところらしく、腹も膨れたし今日も頑張るとしますか！

◇◇◇

ポラリスの細工店に立ち寄り、台車を引っ張って川へ向かう。

ビーバーたちの作ってくれた道のおかげで苦も無く川へ到着することができた。

彼らが切り倒した木は積み上げて絶賛乾燥中だ。木材はいくらあっても困らない。

いくつかはキノコ栽培に使おうと思っている。やることが沢山で毎日が楽しい。

「おーい」

瓜《うり》とニンジン、キュウリ、ブドウを持ってやってきたのだけど、ビーバーたちが姿を現さない。

ここ二日来てなかったので、離れた場所にいるのだろうか。

そのうち顔を出すかもな。

俺は俺で作業を進めよう。水を樽に入れて、台車に載せる。これを二往復してから、今度は採集だ。

川辺の食べられる植物を拾い集め、釣竿《つりざお》を垂らす。

森の中にも採集に行きたいところだが、水を運ぶことで筋肉が悲鳴をあげているので休憩の意味を込めて釣竿に魚がかかるのを待つ。

仕掛け網に切り替えた方が良さそうだよな。でも魚釣りは俺の休息タイムとなっているので、そのままでもいいかも。

こうした「待っている」時間というのも、廃村暮らしの醍醐味《だいごみ》だろ。

マリーにも途中途中で休憩を取るようにしてもらっている。こうして、ぼーっと空を眺める時間は何物にも代えがたい宝物のような時間なんだ。

スローライフ万歳ってやつだな。

宿経営をしているから、丸一日何もしないってわけにはいかないけどね。

「ブドウ、甘いでーす」

「こら。それはすみよんのために持ってきたブドウじゃないんだ」

いつの間に、やって来たんだ。ぼーっとしていて気が付かなかったぞ。

台車にちょこんと腰かけたワオキツネザル……じゃなかったワオ族のすみよんがビーバーたちのために持ってきたブドウの房を掴《つか》んでむしゃむしゃやっていた。

「キュウリ。しゃりしゃりしてまあす」

「だから、それはすみよんのためにじゃないってんだろ」

瓜は死守する。

「酷いでえす。そうだ。エリックさーん。ブドウ。取りに行かないんですかー?」

「そうだな。この後、山に採集に向かうつもりだった。ブドウは宿屋の近くに植え替えたのもある。モモとかどうだ?　うまいぞ」

「行きましょう。行きましょう」

俺の背中に移動するすみよん。

べたべたの手を俺の肩に乗せてきやがった……。

「すみよんはお留守番していてくれよ。モンスターが出ることもある」

「それならすみよんに任せてくださーい。肉はエリックさーんにあげます」

「すみよんは肉を食べないの?」

「食べませーん。フルーツと野菜でえす」

このおバカさんにモンスターをどうにかできると思えないが、突っ込まずにスルーしておく。

まあ、ワオキツネザルだし、危なくなったら木の上に登ってもらえれば凌《しの》ぐことができる。

このまま採集に出かけるとしようか。

……背負子《しょいこ》が装着できないぞ。仕方ないので、すみよんを背負子に乗せて移動することにした。

「鳥でえす」

「黙ってて……」

鳥がいるのは分かってんだよ。音を立てたから逃げちゃったじゃないか。

「エリックさーん。こっちにイノシシがいまーす」

「え？」

繁みを確認しても動きはない。

一度くらい騙《だま》されてみるかと思い、弓を構えて弦を引き絞る。

「まだでえす。もう少し右でえす。そう。あと少しだけ上。バッチリでえす。さん、にー、いちー」

シュン。

言われた通りに矢を発射してみた。

すると繁みがガサガサと動くと同時に矢が繁みの中に飛び込んで行く。

繁みを確認してみたら、イノシシの眉間《みけん》に矢が刺さっていた。

「すげえ。よく見えたな」

「感知でえす。すみよんはスフィアの師匠ですからあ」

「魔法を使っているようには見えなかったけど」

「何言っているんですかあ。最新のエレガントな魔法は無詠唱ですよー」

無詠唱で魔法を発動させる？

そんなことが可能なのか……？　ワオ族なら可能なのかもな。人間には無理だよ。

しかし、この分だと本当にすみよんが言った通り、モンスターが出たとしても大丈夫そうだ。

一度イノシシを運んでから、再度採集に向かう。

すみよんと約束したモモもゲットしたし、他にもキノコ類やら山菜、木の実も沢山持って帰ることができたのだった。

帰ったら、宿屋の隣に小屋が建っていたんだよ！

イノシシを運んできた時には気が付かなかった。宿屋の裏口から入って何も確認せずに戻ったから注目してなかったんだ。

裏口からだとちょうど宿屋が目隠しになって見えなかったので……。

「びばば」

「びびびばばば」

ビーバーたちが丸太を転がして、スフィアが彼らを手伝っている。

内装はまだかもしれないけど、もう屋根まで完成しようとしているじゃないか。

全て丸太で作った丸太ハウス。これはこれでおしゃれな気がする。

「ビーバーたちにお願いしたの？」

「師匠が頼んでくれたの。お礼にフルーツを渡すって」

「そうか。フルーツを」

「フルーツを取ってきましたー。モモでえす。甘いでーす」

「……」

イノシシを狩るのを手伝ってもらったし、モモは渡すことにしようか。

「ビーバーたちすげえ……」

丸太ハウスに入ってみると、すでに俺の身の丈ほどある酒樽《さかだる》が四つも置かれていた！

それだけじゃない。一抱えほどの樽も部屋の隅に置かれていて、奥には別の扉もあったのだ。

奥はスフィアの寝室予定とのこと。今は藁《わら》のベッドなんだそうだ。

一日でここまでやってのけるとはビーバーの集団ってとんでもないな。

いや、ビーバーたちが木を切り倒して道を拓《ひら》く能力があることを俺は知っていたじゃないか。

ただ、彼らに何をして欲しいのか伝える力が無かっただけのこと。

となるとだな……未《いま》だに弟子ではなく俺の背中にぶら下がるワオキツネザルあってのこと。いやいや。スフィアがビーバーたちにお願いしたんだよな。

「師匠が頼んでくれたの」とさっき聞いた彼女の言葉を思い出し、首をブンブン振る。

頬にすみよんの長い尻尾《しっぽ》が当たりアピールしてくるが、俺は現実逃避をしたいんだ。

「エリックさーん。ビーバーたちはやりますねえー」

「だな。まさか大工仕事までできるなんて驚きだよ」

「木材限定ですがー。あの鋭い牙《きば》で加工もお手の物でえす。幸い丸太も沢山ありましたし」

「ま、まさか。ビーバーたちに切り倒してもらった丸太を使ったのか？　でもあれはまだ切ったばかりで、乾いてないぞ」

俺の疑問に対し今度はスフィアがふんふんと鼻を鳴らしビッと人差し指を立てる。

「ううん、新しくビーバーたちに丸太を作ってもらったの。乾燥については問題ないわ。『熟成』と同じよ」

「仕組みはよくわからないけど、魔法で丸太の乾燥を一気に進めたんだな」

「そんなところ」

「その魔法。人間にも使えたりしないよな？」

「使えないわよ！　怖い事言わないでよ！」

顔を青くして答えるスフィアを見てホッと胸を撫《な》でおろす。

熟成の魔法の応用で丸太の乾燥が進む……ことから、彼女の熟成を促す魔法ってのは特定の空間の時間を加速させたりするようなものなんじゃないのかなって推測したんだ。

もしそいつを人体に適用すると、恐ろしいことになる。

どうやら、彼女は熟成魔法でバッタバッタとモンスターを倒していたわけじゃないみたいだな。

微妙な沈黙が流れ、すみよんがしゅたっと俺の肩から床に降り立った。

「エリックさーん。お腹《なか》が空《す》きましたー。ブドウくださあい」

「ブドウなら背負子に入っているだろ」

すみよんは背負子に乗っかっていただけで、ろくに動いていないのに腹は減るのか。

肉を食べない分、腹持ちが悪いのかもしれない。

やれやれと思っていたら、スフィアが思わぬことを口にした。

「ワインを作るの？　ワインなら何度も飲んだことがあるけど……残念だわ」

「え、もう作ることができるの？」

「もちろんよ。ビーバーたちが樽も作ってくれたし。材料を準備してくれればいけるわよ」

「お、おおお。芋焼酎《いもじょうちゅう》を頼みたいところだけど、サツマイモは次の仕入れまで待たなきゃならない。畑で育てているけど、まだまだかかる」

「じゃあ。しばらく待ちね」

「いや、米がある。そいつで清酒を作りたい」

「米？　聞いたことがないわ。果物？　穀物？」

「小麦のように主食になりうる穀物の一種だ。でんぷん質に富んでいて酒になる」

「それは……今すぐ作りましょう！」

「夕方になったら宿屋の営業がある。それまで仕込めるだけ仕込もう」

後数時間しかないけどな。

本当は少し休憩をしてから宿泊客用の夕飯と部屋用のお菓子の準備をするのだが、スフィアがやる気になっている時を逃さぬ方がいいだろう。

正直なところ清酒……日本酒をどうやって作るのか分からない。作ったことも無いんだもの。だけど、材料は大まかに把握している。芋焼酎の時は酒作りに長《た》けた職人に任せ、サツマイモを蒸すと伝えただけで完成した。

自家製で素人が作るとなるとかなりハードルが高いだろうな。魔法でどこまで対応できるのかが肝だ。

うまく行かなかった場合は、芋焼酎を作ってくれた職人を頼ることにしよう。

さて、材料だが。

蒸した米と米麹《こめこうじ》だった……はず。

麹菌をどうしようかと思ったのだけど、幸運に任せるしかない。彼女の発酵の魔法があれば短時間で何度もトライアンドエラーができる。

まずは米麹からだな。

といっても、やることは米を蒸すのみ。

しばらく水に浸した米を蒸し、布で包み樽の中に入れる。

樽は半ばほどで細かい格子状の板が挟まれていて、当然ながら布はその板より下に行かなくなっていた。

袋を絞る時に使うものなのかもしれない。

「これが米なのね。その布に入った米を絞ったら清酒？　が出て来るの？」

「いやまずは米麹を作ろうかと思って」

「何それ？」

「ビールで言うところの酵母みたいなもんで、熟成発酵させるための」

「私は職人さんじゃないから、よくわからないわ。とにかく、米を熟成させればいいのよね？」

「うん、試しにやってみて欲しい」

使った樽は一抱えほどのサイズのものだ。米の量に限りがあるし、失敗前提となると大量に米を使うのを控えることにした。

それでも五リットル以上の米を使っていると思う。

「そこ、踏んでるから少しだけ下がってもらえる？」

踏んでる？　何を？

足元を見てみたら、赤い線が引かれているのが確認できた。

何やら複雑な文様を描いているようだけど……これって。

「魔法陣？」

「そそ。樽の中を熟成させると決めておいたら魔力を節約できるし、かかる時間も短縮できるの」

「本当の本当に魔法使いだったんだな」

「最初からそう言っているじゃない。まだ酔っ払っていた時のことを……」

「どうしても頭から抜けなくて」

「その悪《あ》しき記憶を塗り替えてやるんだから。見てて」

二本の枝がお互いにグルグルと巻き付いた棒を掲げるスフィア。

棒の上側先端はハート型になっていて、中央部分にエメラルドがはめ込まれていた。

あれは棒じゃなく、魔法使いの魔法をサポートする杖《つえ》だな。

魔法使いは杖や指輪を使っているけど、どれが一番サポートに適しているのかな？

俺は回復術師《ヒーラー》なので特段これといった道具は使わない。

手の平から暖かな光が漏れ出し、傷を癒す。これ一本である。

彼女は掲げた杖を降ろしトンと杖の先で床を叩《たた》く。

次の瞬間、ぶわっと赤で描かれた魔法陣が淡い光を放ち始めた。

「我が結界よ。願いに応じて。ファシリテーション」

呪文が紡がれ、魔法陣の淡い光が強くなり天井へ抜けていく。

あまりの光に眩《まぶ》し過ぎて思わず目を閉じた。

「これで完了よ」

「米麹ができたのかな？」

「さあ？　私に言われても」

「そうだった」

彼女は熟成の魔法を使うことができるが、酒作りの工程を知っているわけじゃない。

状態を確認するのは俺の仕事だ。

樽の蓋《ふた》を開けてみると、むわっと酒の香りが鼻を刺激しむせそうになった。

「この匂い。酒が既にできているのか」

「もう飲める状態になってるはずだけど？」

「な、何だって！」

蒸した米を入れていた布を掴《つか》んで持ち上げてみたら妙に軽い。

中を覗《のぞ》くと米の水分が完全に飛んでいた。

いやいやまさか。蒸した米を入れるだけで日本酒が完成しているわけがないじゃないか。

日本酒はアルコール濃度を上げる工程があったような？

格子の板を外そうとして、ハタと思い出す。

そう言えば、この樽。下部に栓があったんだった。

ビーバーの細やかな仕事には驚くばかりである。

水桶《みずおけ》を持ってきて、樽の栓をゆっくりと抜く。

「たまらんな。この香り」

「確かに！　ねね。試飲しないの？」

「もちろんする」

「私もー」

「飲むなとは言わないけど、新居の自室で飲んでくれよ」

「えー。噂の『清酒』を前にして、酷いわ」

「名称を清酒にしようか日本酒にしようか迷ってる。まあ、名前は後からにしよう」

この後、宿屋の仕事があるので一口だけにしておこう。

小さなコップで酒をすくって口に含む。

こ、これは。まさしく、日本酒！

蒸留もしてないってのに、一体全体どうなってんだ？

いや、日本酒って確か蒸留の工程が無かった気がする。蒸留をした酒は焼酎だったと思う。

自信はないけど、たぶんそうだ。今まさにここに日本酒があることがその証拠である。

日本酒はこれでいいとしても、蒸留工程がある場合はどうするのか気になるな。

「スフィア。熟成の魔法ってどうなってんだ？　蒸留する酒とそうじゃない酒があるだろ？」

「そこは調整よ。蒸留するものだったら、蒸留すると念じて熟成の魔法を使えばいいのよ」

「何その便利過ぎる魔法」

「へへーん、見直した？」

「うんうん」とハトが首を振るように頷《うなず》く。まだまだ聞きたいことがあるぞ。

「布から液体を絞らないタイプの熟成の魔法もあるの？」

「あるというか、調整すれば問題ないわ」

「何でもありだな！　だったら」

投入し、日本酒となった蒸した米は元々米麹に使うために作ったものだ。

もう一セット蒸した米があるんだよね。こいつは別の酒にしてもらおうかな。

そんなわけで、キッチンに戻り、蒸した米を運び込む。

「おかえりいなさあい。エリックうー」

「飲んだな。飲んだんだろ！」

しな垂れかかってこようとしているスフィアを華麗に回避し、彼女の肩を掴んで揺する。

「のんれなああい。わよお。だてえ。もう一回、熟成のまほおおをかけるんれしょー」

「その状態じゃ無理だろ！」

「らいじょうぶううよおお」

「分かった。ほら。瓶に清酒を注いでやるから。これ持って部屋に入れ」

「いやらああ。エリックもお飲んれえ」

「俺はこれから仕事なんだってば！」

隙を見せた俺が悪かった。酒が好きで好きでたまらなくて、酒造のために熟成の魔法を調整してしまった酒好きから目を離して、酒を飲まないなんてことは有り得ないよな。

米があれば調味料の製作も捗《はかど》るってのに。

一瞬で完成するので、明日にでもいろいろ試してもらうとしよう。ついでに大豆でもお願いしたいことがあるから、そっちも頼んじゃおっと。

「ごめん、マリー。遅くなった」

「いえ！　先ほど一組のパーティをお部屋にご案内しました！」

桜色の花びらが舞う白を基調とした浴衣にかんざし風の髪留め姿のマリーがぐっと両手を握りしめる。

最初はおどおどしていた彼女だが、今ではすっかり接客にも慣れ、堂々とした佇《たたず》まいが頼もしい。

さて、宿に戻ったわけだが、受付と案内はマリーにこのまま任せ、俺は料理に取り掛かる。

「エリックさん！　お忙しいところすいません！」

料理をしていたらマリーがキッチンに顔を出す。

どうしたんだろう？

「お部屋がいっぱいなのですが、ライザさんとテレーズさんがお見えになってまして」

「んー。和室を開放しようか。女性客なら準備が整っているはず」

「はい！　問題ありません。料金が10ゴルダプラスで良かったですか？」

「うん。それでも良ければって聞いてみて」

コクコクと頷くマリーに対し片手をあげ応じる。

もう一方の手はフライパンを握りしめたまま。もう一組増えても夕食分は問題ない。

ライザたちなら朝食のみかもな。

あ。米をご馳走《ちそう》するって言ってたけど、何もゴンザらも揃《そろ》った時じゃなくてもいいか。

「マリー。ライザたちに米を食べるか聞いてみて！」

「分かりましたー」

慌てて追加のお願いをしたところ幸いマリーの耳まで声が届いたようで、遠くから彼女の声が返って来た。


「ふう……嵐が去った……」

一息ついたところで、上を向き大きく息を吐く。

後は部屋菓子用の「栗蒸しまんじゅう」をマリーに持って行ってもらって完了だ。

いつの間にか「栗蒸しまんじゅう」は「月見草」に欠かせないものとなっており、部屋菓子が「栗蒸しまんじゅう」じゃない時は「栗蒸しまんじゅう」を購入できないかと聞いてくるお客さんもチラホラと。

季節に応じて部屋に置くお菓子を変更する予定なのだけど、どうしたものか考えちゃうな。

米が入ったのでお煎餅《せんべい》とかも置いてみたいなあとね。

「やほー。エリックくん」

白地に茜色《あかねいろ》で楓《かえで》柄が描かれた浴衣に身を包んだテレーズが小さく左右に手を振ってやって来た。

彼女の隣には紺色の浴衣を着たライザの姿もある。

「二人ともよく似合ってるじゃないか」

「まさかのサプライズだったよ。10ゴルダと言うから何かと思ったら。いつも君には驚かされる」

「部屋着を準備したいと思ってて、やっと女性用だけ準備できたんだよ」

「これも可愛い」

ライザに代わりテレーズが口を挟む。

彼女は後頭部のかんざしを指さす。

「かんざしはサービスなので持って帰ってもらっていいよ」

「ほんと！　嬉《うれ》しい！」

テレーズが俺の腕に自分の腕を絡ませ、小躍りした。

「あ。そうだ。夕飯は要らないって聞いてたけど、少しくらいなら食べる？」

「そうだな。明日が長くなりそうだから酒を控えようと思っていたが、どうする？　テレーズ？」

「軽いものだったらいいかなー？」

「よっし。じゃあ、もし食べられなかったら、明日の昼にでも食べてくれ」

ご飯も炊けたことだし、せっかくだから米を食べてもらうことにしようか。

作るのは本当に簡単な料理とも呼べないもの。

手の平に塩を揉《も》み込み、ご飯を握る。

一つは味噌《みそ》。もう一つは味噌だまりを付けて焼く。これだけ。

「焼きおにぎりだよ。マリーももうすぐ来ると思うからみんなで食べようか。俺たちはおかずも食べるけどね」

「これが噂の米か。いい香りだな」

漂う焼きおにぎりの香りに涎《よだれ》が出そうになる。

マリー。早く戻って来て。

◇◇◇

「今回の仕入れ分だ」

「ありがとう。グラシアーノさん」

新製品の開発はグラシアーノからの入荷がないと始まらない。

仕入れた品物を台車に載せ宿屋に運び込む。

この樽《たる》……クソ重いな。

「よっこらせっと！」

何とか一人で樽をキッチン裏に降ろす。

「エリックさん。一人で大丈夫だったんですか！」

「何とか」

マリーはマリーで台車から積荷を降ろし整理してくれていた。

入荷の日は遅いと昼まで整理整頓《せいとん》にかかってしまう。

この樽の中身はきっとアレだ。本当に入荷してくれるとは驚いている。

このサイズの樽だと中身は四十リットルほどか。全て液体だから、そら重いよな。

開けてみると中身は透明な液体で指でそれを舐《な》める。

「うん、予想通りだ」

「それはお水ですか?」

「舐めてみたら分かるよ」

「では。失礼して。きゃ。しょっぱいです」

「そそ。しょっぱいんだ」

「飲み物……ではないですよね」

「海水だよ。グラシアーノさんに頼んでみたら仕入れて来てくれてさ」

「海水……?　海の水ですか!　私。海を見たことが無いんです」

「そうだったのか。マリーはキルハイムから出たことがなかったんだっけ」

「はい!　これが海の水なんですね。わああ」

俺とマリーが住んでいたキルハイムの街には海が無い。

海岸沿いの街だったら、一度戻って海岸を散策していたと思う。

日本は海に囲まれた国なので、海由来のものって沢山あるんだよね。

ワカメはこの世界だと何故《なぜ》か川で手に入ったが、川魚と海の魚だと全然味わいが違うし他にも海産物が色々……妄想が止まらなくなるほどたんまりある。

食べ物だけじゃなく、海が近くにあれば手に入るものって数えきれないほどあるんだ。

それで今回仕入れたのは海水。

といっても……実は海水を使って作ろうと思っていた食品は既に完成している。

いやあ。岩塩を水で溶かして煮詰めたらできてしまったんだもの。

海水に感動していた様子のマリーが唇に指先を当て、猫耳をピコピコさせる。

「海水は何に使うんですか？」

「あー。実はさ。豆腐を作るためにと思って頼んでいたんだけど」

「豆腐？　白くて柔らかいあの豆腐ですか？　エリックさんがお味噌汁に入れていましたよね」

「うん。そうなんだ。豆腐を作るには豆乳を固めるために、にがりが必要なんだけど……にがりが作れちゃったから」

試行錯誤の結果、岩塩を水で溶かし煮詰めて「にがり」ができたんだよね。

正直、岩塩ではにがりの元となる成分が含まれていないんじゃないかという考えだった。

海水を煮詰めて濾《こ》すとにがりと塩に分離する……記憶だ。

まあ、岩塩を水で溶かして煮詰めて分離させたら似たようなものができたのでそれでいいじゃないか。

にがりではないかもしれないけど、豆腐になればそれでいい。味わいもほぼ豆腐だし。

「そうだったんですか！　凄《すご》いです！」

「い、いや。豆腐ができたけど、ちゃんとした豆腐じゃない気もしていてさ。二、三日経過したら豆腐が溶けてしまうんじゃないかとか」

「そうなんですか！」

「いや、分からないけど。いずれにしろ、長期保存するつもりもないから、まあいいかなって」

「お客様が沢山いらっしゃってくださいますし。いつも材料はすぐに無くなっちゃいますものね！」

「そそ。米も何か長期保存する手順があった気がしていて。だけどまあ、数か月も置いておけないだろうし」


現状、俺とマリーだけなので作ることができる量に限界がある。

幸い、宿屋「月見草」は好評で連日大賑《おおにぎ》わいだ。満室になってお断りする日も出てくるほど。

当初は一般客も来てくれないと満室なんて遠いと思っていたが、冒険者だけで満室になってしまう日の方が多い。

俺が思っていた以上に廃村を訪れる冒険者が多かったわけである。

客室はあと一部屋なら開放可能だけど、更に客室を増やすとなると増築が必要になってくる。

それだけじゃなく、人手も足りない。二人だと今の客室数でいっぱいいっぱいかな。

すみよんに頼んでビーバーに頑張ってもらえれば、お隣さんのような丸太ハウスを作ることはできる。

いつになることやら、だけど。

せっかくなら和風の建物にしたいけど、知識もないし難しいな。せめて客室だけは全て和風に改装しよう。

そうそう。今二部屋目を和風に改装しようと頑張っている。なので、一部屋は改装中で利用不可になっているんだよ。

「海水は使わないんですか？」

「いや。せっかくだから、海水を使って『にがり』と塩をつくろうか」

といっても、海水を煮詰めるだけなんだけどね。

この量だとキッチンでやるより、外で薪をくべて、ある程度煮詰めてからキッチンへ移動した方が早そうだ。

よっし。セットだけして、後はマリーにちょこちょこ様子を見てもらうことにしようか。

◇◇◇

「こっちでえす」

「すみよんはこの辺りに詳しいの？」

「初めてでーす」

「ええええ。俺より断然詳しいじゃないか。もうこんなに採集が進んでいる」

「魔法ですよ。エリックさーん。あっちです。はやく進んでくださーい。お腹が空《す》きましたー」

「ってことはフルーツか野菜か」

マリーに荷物整理の残りと畑の手入れ、家畜の餌やりを任せてすみよんと共に探索に出かけた。

イノシシが来ることを予見したことから、彼に感知を頼めば捗《はかど》ると確信していたんだ。

以前彼と採集に出かけた時はイノシシの件以外、俺が探索して採集したからね。

暇そうにしていたから誘ってみると「仕方ないですねー」などと言いつつも尻尾《しっぽ》を首に巻きつけて背負子に乗っかって来た。

「お。モモの木か」

「一つくださーい」

「待ってろ。ほれ」

「モモでえす。甘いでーす」

「俺も食べよ」

「ビーバーたちにもあげてくださいねー」

「もちろんさ。モモの木とかも家の近くに移植できればいいんだけどなあ」

「それなら、あれ、持って行きますかあ?」

「苗木かー。そうだな。これくらいの大きさなら持って帰れそうだ」

すみよんが指し示したのはまだ高さが1メートルに満たない木だった。

幹の太さも親指より少し太いくらい。芽が出て一年かそこらかな?

これが実をつけるまでにはかなりの時間がかかりそうだけど、その分育て甲斐《がい》はありそうだ。

「今度は野イチゴか」

「少しすっぱいでえす」

「ブドウもありそう？」

「あっちでーす」

すげえ。すげえぞ。すみよん。

キノコや山菜は外れも多かった。しかし、ことすみよんが食べることのできるフルーツだと的中率が百パーセントだ。

キノコはすみよんが食べない食材だから、俺が伝えたままの形をしたものを探してくれてたんだろうな。

すみよんが食べない食材であっても、肉なら確実に発見できる。

分かりやすいからな。だけど、中には毒蛇とかも指摘してくるから油断できない。肉でもおいしく頂ける肉と、そうでない肉、更には食べることのできない肉もあるのだから。

こうして、僅《わず》か半日でいつもの三日分くらいの食材を集めて宿に戻ることができた。

いや、正確には二回戻って背負子を空にしているので、戻るのは三度目かな。

◇◇◇

「清酒を瓶ごとくれ」

「あいよ」

「こっちは升でにごり酒を」

「はあい。ただいまー！」

すみよんと二度目の採集に行ってから三日が過ぎた。

スフィアの活躍により日本酒と「にごり酒」の在庫はまだまだある。

米は……あと三十キロくらいで無くなってしまう。これでも一度補充しに亀たちのところへ行ったんだけどなあ。

俺とスフィアだけだと一度に運ぶことのできる量に限界がある。

今度ゴンザたちが来たら亀のところへ付き合ってもらいたいところだ。

ん？　ゴンザたちと共に亀の稲刈りをした時に根こそぎ稲刈りを済ませたんじゃないのかって？

そうだったんだけど、あの場にいた亀は全部じゃなかったんだよね。

スフィアと例の泉へ行ったらさ、びっしりと稲を付けた亀たちが水に浮かんでいた。泉は水中でどこか別の場所に繋《つな》がっているのだと思う。

ダンジョンを進めば亀たちの行き先が分かるかもな。今のところ、ダンジョンの探索予定はない。モンスターが出るって言うし。今のところ、サソリのようなモンスターに遭遇したくらいかな。

スフィアが退治してくれて事なきを得た。

さすが元冒険者。その時はマリーを連れてこなくて良かったと心底思った。

ゴンザたちと行った時にモンスターにエンカウントしなかったから、大丈夫かもって気持ちが頭にあったんだ。でも、万が一と思って彼女を連れて行かなかった。

結果的に大正解だったってわけだね。うん。

「かー。この清酒ってやつはたまらんな。喉《のど》が洗われるぜ」

「キュウリと味噌《みそ》に合う。こういうシンプルなアテは良い物だ」

おっさんみたいなことを言っている清酒を瓶ごと頼んだ冒険者の二人。

見た所まだ三十歳に届くか届かないかっていったところなのに。今から将来の姿が想像できるとは恐るべし。

「焼き魚を追加で頼むよ」

「はあい。ただいまー！」

ちょうど魚が焼けたところだ。塩をパラリと振って、味噌だまりをひとかけしマリーに持って行ってもらう。

あの客は冒険者ではなく、例のお貴族様の話を聞いてやって来た口だ。

栗蒸しまんじゅうを求めてきたはずが、すっかりにごり酒にハマってしまった様子。

そうそう。日本酒の名称は「清酒」にした。日本酒ってのも日本じゃないし、他にも大吟醸とか色々考えたのだけど清酒が一番しっくりきたので、清酒に決めたのだ。

ん？

にごり酒なんていつの間に作ったんだって？

スフィアに追加で頼んだんだよ。清酒とにごり酒はどちらも米があれば作ることができる。どうやって作ったのかというと、スフィアの魔法を調整したらすぐだった。概要を伝えるだけで、彼女が一発で作ってくれたのだ。

アルコールが入らなければ本当に優秀なんだよね。彼女。

赤の魔導士の名は伊達《だて》じゃない。酒特化だけど……。いや、一応、モンスターと戦うことだってお手の物なんだぞ。

俺が対峙《たいじ》するようなランクの低いモンスターなら瞬殺。

以前、宿屋に担ぎ込まれてきた毒に侵された冒険者のことを覚えているだろうか？　あの時彼らはパイロヒドラにやられたと言っていた。

彼女にパイロヒドラならどう？　と聞いてみたところ。ソロで一撃だとさ。

でも彼女はモンスターと戦う魔法は酒に比べれば微々たる研究しかしていないと言う。個人でもSSクラスってとんでもない、と実感した。

パイロヒドラは中級冒険者が六人がかりで苦戦するクラスなんだぞ。パーティランクでも上から二つ目のゴールドクラスなら対応可能となっている。

とにかくアルコールが入らなければ……本当に残念な人だよ、全く。

「ふう……ようやく料理の注文が止まったか」

「はい！　大盛況でしたね」

一息つき、水を一気飲みしたところで新たなお客さんが来店する。

パタパタとマリーが来店したお客さんの下へ向かい元気よく「いらっしゃいませー」と彼を迎え入れた。

「変わった方ですね。あ。ご案内しなきゃです」

「うわあ……」

そのお客さんは異様な姿をしている。白衣に身を包み、白髪がコントで爆発した後みたいに逆立っていた。

これだけじゃない。金縁のゴーグルにオレンジのスカーフ。更に白衣の下が素肌と来たものだ。

これが彼のいつもの格好なのだろうか。俺たちを驚かせるためにワザと変な格好をしてきた……んじゃゃないよな？

年の頃は六十歳を過ぎたくらい、だと思う。

変なお客さんは座るなり、キンキン耳にくる声でこう言った。

「チミがエリックくんかね！」

「え。わ、私はマリアンナです。エリックさんならあちらに」

「ほ、ほほほ。エリックくんはあっちかね」

「は、はい……」

何であの人、俺の名前を知ってんだ？

困るマリーと入れ替わるようにして、彼に声をかける。

「俺がエリックです。何かご用でしょうか」

「お。おうおう。チミがエリックくんか！　私はグレゴール。錬金術師をやっている。ただの錬金術師ではないぞ。天才錬金術師である。ほ。ほほほ」

「あ、あの。何か用が……？」

「食べに来たんだよ。食べにね。ほら、水あめを使った料理を出してくれたまえ。あとは水を頼む。部屋があいていたら部屋も頼む」

「マリー。部屋はまだ空いていたっけ」

「満室です……」

うん。記憶通り満室だった。念のためにマリーに聞いたけど間違いはなかったようだ。

とりあえず、グレゴールとかいう変な人には大学いもとリンゴ飴《あめ》でも食べてもらって帰って頂くとしようか。

さすがにこれだけでは腹が膨れないか。ボーボー鳥のもも肉を出すか。照りを出すために水あめを使ってみよう。

「お待たせしました」

「お。おうおう。これかこれか。ほ。ほほほほ。グラシアーノくんが言っていた通りだ。変わったものを出す。未知への探求。これは心躍るというものだよ。そう思わんかね？」

「は、はあ……」

「ともあれ、食してみようじゃないか！」

まず手を付けたのはもも肉ではなく、リンゴ飴だった。

一緒に出した俺も悪いが、先にデザートから行くとは予想外だ。

「ぱりぱりしている。ぱりぱりしているじゃないか！　ほ。ほほほ。やはり私は天才だ。天才錬金術師とは私のためにある言葉だと思わんかね？」

「は、はあ……」

「いいかね。水あめはこのようにぱりぱりにならないのだよ」

「そ、そうなんですか！」

驚きの事実。水あめはパリパリにならない。

じゃあ。パリパリになるのは何でなんだ？

水あめはパリパリしない。割りばしに水あめがくっついたお菓子は混ぜたら固くなった気がする。ん。待てよ。リンゴ飴って水あめじゃなくて「飴」って書く。

てことは、原料は水あめじゃなくて砂糖？　または、砂糖と水あめを混ぜたものなのかも。

じゃあ。何で俺が使った水あめは大学いもにしろリンゴ飴にしろ固まるんだ？

その答えはこの変態……じゃなかった錬金術師が持っていた。

「私がグラシアーノくんに託した水あめは、特別製なのだよ。だから、ぱりぱりするのだ」

「水あめに何か混ぜたんですか？」

「そうだとも。よくわかったね。ほ。ほほほほ。これぞ錬金術。錬金術なのだよ。天才の手にかかれば、ぱりぱりなど造作もないこと」

「パリパリになる水あめなんですけど、もう少しで在庫がきれそうなんです。追加で売ってもらえますか？」

「そうだね。そうだとも。もちろんさ。もっとぱりぱりさせたいかね？」

「はい。もっとパリパリさせたいです」

「ならば仕方ない。この村に天才の工房を作ることにしよう。すぐに工事にかかる。心配には及ばない。大工を呼ぶ」

「あ、いや、別に。水あめを売ってくれれば……」

聞いちゃいねえ。

水あめが手に入るのだったら、過程は何でもいいや。

この人に頼めば、ひょっとすると砂糖を生成することだってできるかもしれない。

彼と喋《しゃべ》ることは疲れるけど、砂糖のためなら頑張れるかも……。

「すぐに手配しようじゃないか。うむ。リンゴと特製水あめの相性は抜群だね」

「もう夜ですけど……」

「そうだった。そうだった。ここは街から遠く離れた場所だった。馬車を走らせねばならないね」

「あ、はい」

「そうだ。腹にたまるものを作ってもらえないか？　持ち帰りたい」

「手軽に食べられるもので？」

「そうだとも。そうだとも。さすがグラシアーノくんが特製水あめを託した人物だよ。ほ。ほほほ」

意味が分からない。しかし、突っ込む気にはなれなかった。

なんかこう会話がチグハグだし、同じ言語で喋っているのに伝わらない感が酷い。

すみよんでもここまでじゃないぞ。

残りの食材で手軽にとなると、焼きおにぎりでいいか。

これだけだと少し寂しいな。そうだ。

そろそろ丁度いい具合かな。キッチンに並べている甕《かめ》の一つを手に取り蓋《ふた》を開ける。

「お、いい感じじゃないかな。失礼して。お、うん。これなら大丈夫だ」

摘まんだのは先日グラシアーノが来た時に仕入れた野菜の一つ「大根」だった。

大根を切って、川で取れた昆布と塩を混ぜて一晩放置。

完成したのは大根の浅漬け風の一品である。

漬物代わりにこいつを添えるとしよう。本当はたくあんを作りたかったのだけど、米ぬかが無くてさ。

米ぬかが無いことよりも精米してくれたことの方が比べ物にならないくらいありがたいので、不満は一切無い。

あとはおからとか豆腐があるけど、焼きおにぎりセットには合わないかな。キュウリなら付けていいかも。

「お待たせしました。焼きおにぎりセットです」

「ほおおお。ほおお。見たことも無い料理だ。こいつは錬金術師心をくすぐるね」

「そんなものですか」

「そうだとも。そうだとも。未知への探求こそ錬金術師の原動力だよ」

俺にとってはあんたが未知だよ、と口から出そうになってグッと堪える。一応お客さんだしさ。

そんなわけでグレゴールが帰り、今度こそ一息つくことができたのだった。

どっと疲れたよ……。

「すごい方でしたね」

「同じ人間だよな。あの人」

「猫耳はありませんでした」

「世の中にはまだまだ俺の知らない世界があったってことだ。ご飯にしようか」

「わあぁ。楽しみです！」

「残っているものの中からだけど。米メインでいいかな？」

「はい！」

焼きおにぎり……は何となく食べる気にならずにご飯メインで別のものをと考えた結果、俺にとっては定番の料理となった。

この世界で作るのは初めてだけどね。

米と卵があれば形になるあの料理だ。

鍋《なべ》に油をひいて、卵を流し込み、ささっとご飯を入れる。

続いて鹿肉の切れ端の余りとネギに味噌《みそ》だまりと塩コショウをパラパラと。

あとは火力任せで炒めて完成だ。

野菜スープが鍋に残っていたので、スープを二人分用意したら丁度無くなった。

サラダも欲しいところだが、大根の浅漬け風とキュウリで我慢してくれ。

「おいしそうです！」

「チャーハンという料理だよ。和風じゃないけど、米をおいしく食べることができる料理の一つだと俺は思ってる」

「もう待ちきれませんー。いただきます！」

「いただきますー」

熱っ。チャーハンはやはり出来立ての熱々に限る。料理の腕が悪くても、出来立てならそれなりにおいしく食べられるものなのだ。

味付けが心配だったけど、まあまあ行ける。もう少し研究すれば店で出すこともできそうだな。

和物を中心に考えているので、チャーハンを出すかどうかは検討の余地あり。

「はふ。おいしいです！　お米を使った料理って色々あるんですね！　おにぎりも好きですが、こちらもボリュームがあってお肉とネギがたまりません」

「味噌だまりも、あと少しかあ。味噌だまりはちょこっとしか作れないからなー」

「残念です……しばらくは味噌だまりを使ったお料理の数量を調整いたしますか？」

「そうだなあ。しばらくは控えなきゃならないかも。でもさ、スフィアに協力してもらって味噌だまりの代わりになるものを開発しているんだ。開発できれば量を作れるようになる。楽しみに待っ

てくれ」

「はい！　楽しみです！」

俺も大豆から作ろうと試行錯誤していたんだよね。だけど、発酵させて味を確かめるまでに一週間はかかるから、使えるものになるように調整するためには時間だけが過ぎちゃってさ。味噌のように一発で成功したら良かったのだけど、中々甘くない。

何かって？　それは醤油《しょうゆ》だよ。

醤油、味噌、ミリン、日本酒、塩、昆布……までは目途が立ちそうだ。

他には高価だけどコショウは既にある。

和物の出汁《だし》と言えば、代表的なものでかつお節が残っているが、作れる気がしない。

もう一つは砂糖。こちらはあの変な錬金術師の活躍次第では手に入るかも。

普通に砂糖を購入していてはバカ高いから調味料として使うとお客さんに出すお値段がとんでもないことになってしまう。

◇◇◇

変な錬金術師が来店してから三日目。生活も宿も順調で言うことなしだ。

今日は畑の水やりと家畜の餌やり以外はお休みして、別の作業をする。宿の改装……もしたいが、相手の予定もあるからな。

相手とはポラリスだ。彼の店もなかなか繁盛していて、連日嬉《うれ》しい悲鳴をあげているらしい。

そんな中、お願いするのはちょっと、と思ったのだけど、少し前にお願いしたら快諾してくれてお互いに予定を空けることにしたんだよ。

よおし。やるぞおお。

「わたしも持ちます！」

「じゃあ。一緒に宿屋の中に運ぼうか」

お互いに頷《うなず》き合い、軒下へ向かう。

ふ。ふふふ。いよいよこいつを使う時が来たか。

ポラリスは専門ではない、と言いつつもちゃんとできているのか見てくれたんだよな。

軒先に吊《つ》るしているのは動物の皮だ。

家畜の皮ではないぞ。ちょこちょこ狩りに出かけていただろ？

すみよんと行った時に狩ったイノシシとか立派な毛皮を持っていた。

肉はもちろん宿の食事として提供するが、角も皮も捨てるには勿体《もったい》ない。

そこで、肉にした動物たちの皮をなめして干しておいたのだ。なめし方は冒険者時代に学んだ。念のためポラリスにもチェックしてもらいこれで大丈夫との言葉ももらっている。

畳の時もそうだったけど、職人がいるって素晴らしい。

彼が廃村で暮らして店を構えてくれていて有難いったらありゃしないよ。

このなめした皮こと革を使って何を作ろうか。探索用の革鎧《かわよろい》……う、うーん。まだ昔使っていたものがくたびれてはいるけど、使える。

「革によって硬さが全然違うんですね！」

「柔らかい革は使い勝手がよさそうだけど、硬いのはどうしようかなあ」

「ポラリスさんに相談してみましょう！」

「だな！　うん」

革を見て何にするか考えるとしよう。

革から製品を作るには結構な時間がかかると思うし。革を並べて置いていたらアイデアが浮かぶこともあるだろうから。

そんなわけで革を運び終えて二人でお茶をすすっているとポラリスが来店する。

「おはようございます」

「今日は来てくれてありがとう！　一旦《いったん》全部運んだんだ」

「結構な量ですね」

「正直何を作ろうか……と検討中なんだよね」

「それなら、必要なものが革で作ることができるか検討してみてはどうでしょうか？」

「それでいこう！」

せっかくなら和風ぽい柄にしたいな。

紙は……値が張るので落書きには使いたくない。

よっし。メニューを書く黒板を使うとするか。

「えー。記憶が曖昧《あいまい》だなあ……」

「何を描こうとしているんですか？」

「ワクワクします！」

チョークを持つとポラリスとマリーが左右から覗《のぞ》き込んでくる。

俺に絵心を求められても……。

記憶にある和柄は少ない。複雑な柄は見れば「ああああ」と言えるけど、自分では描けないんだよな。

お。まずはだな。

丸を描き、丸同士が接するようにしてさらに丸を描いていく。

すると丸の中が朝顔の花のような柄になる。

「丸を組み合わせてこんな素敵な絵になるんですね！」

「エリックさんはデザインセンスがありますよ！」

俺が考えたものじゃないんだがね。この世界にもありそうだけど。

ええとこの柄はなんて名前だっけ……円の繋《つな》がり。七宝《しっぽう》柄って名前だったはず。

お次は形が気になって何度か描いていたから覚えているものだ。

複雑そうに見えて案外描くのが簡単なんだよね。

「これは麻の葉という柄で、複雑そうに見えて六角形の組み合わせなんだよ」

「これも花のようですね！　二つともエリックさんに使用許可を頂き製品の柄に使いたいくらい気

に入りました」

「使ってくれるのなら歓迎だよ」

「女性用の服に使うと喜ばれると思いますよ」

「服。服かあ」

「服飾は街ですね……」

ポラリスと顔を見合わせうーんと眉《まゆ》をひそめる。

そのうち彼のような職人も住んでくれる……かもしれない。今後に期待だな。

農家の人も狩人《かりゅうど》も大歓迎だ。この地に住む人はまだまだ少ない。

そのうち宿場町のようになってくれたらな、なんて妄想すると笑みが止まらない。

妄想が現実になる日を夢見て宿屋を切り盛りするのだ、俺。

あとは、っと。

「あと二つ思いついたものがあるんだ」

正確には思い出した、だけど、二人の手前こう表現した。

「三角形を並べたのが鱗《うろこ》模様。正方形を並べたのが市松模様。どちらも接する図形同士は色を変えるつもり」

「これはどちらもある柄ですね。柄を使って敷物を作ってみますか？」

「革だと滑らないかな？」

「確かに。そうですね。客室の壺が置いてある下の敷物としてならどうですか？」

「いいかも」

冒険者なら野外用の敷物として使っていいかもしれん。

革だと丈夫だし。柔らかい革ならクルクル巻くなり畳むなりすれば持ち運びで嵩張《かさば》ることもないよな。

「硬い革……ハードレザーも一つ思いついた。ハードレザーはやっぱ防具か鞘《さや》や矢筒かなあと思う」

「エリックさんの防具を新調するのはどうですか⁉」

マリーがまるで自分の装備のことのように満面の笑みで両手を合わせる。

「こういうのはどうかな？」

「スカート……ですか？　でもそれじゃあ。中が見えちゃいませんか」

「スカスカだからね。これはスカートの上から装着する革の腰巻のつもりなんだよ」

「テレーズさんが装備したら似合いそうです！」

発想は剣道の防具だった。

剣道の防具のうち腰に巻く三つか四つの暖簾《のれん》みたいなのがあるじゃないか。あれは垂《たれ》というのだけど、垂を女性用の腰巻として使ったら可愛いかもと思って。

「エリックさん。せっかくです。この腰巻を作るなら先ほどエリックさんが考案した柄を使ってみませんか？」

「柄も……となると俺が作るにはハードルが高過ぎないか……」

ポラリスよ。俺は素人だぞ。革細工などやったことがない。自分の防具の修繕くらいしか経験がないんだ。

俺の想いと裏腹に彼は指を一本立て片目をつぶる。

「防具は私が預からせてもらってもいいですか？　工賃だけでお作りしますよ」

「製品として販売してくれるなら、俺のところにはサンプルとマリーの分だけサービスしてくれないかな？　その代金としてハードレザーを持って行ってもらっていいんで」

「分かりました！　こちらとしても大歓迎です！」

細工師兼鍛冶師《かじし》のポラリスならきっと俺のたどたどしい絵を素晴らしい防具に仕上げてくれるはずだ。

今から完成が楽しみでならない。


「よおし。できた！」

「わたしもできました！」

パチリとマリーと手を合わせ、「おー」と声を出す。

完成したのは色の違う革を織って作った籠《かご》である。いくら柔らかい革でも葦《あし》を編むようには行かないかなと思ったけど、案外何とかなるもんだな。

作るのにそれほど力が必要無く、底から上にあがるにつれて広がっていく四角い籠となった。

色違いの革を使っているので自然と市松模様になるという寸法だ。

「地味なものだけど、今までちゃんとしたものが無かったものな」

「小物類を作るの楽しいです！」

「小さなことからコツコツと。小物類を制する者が部屋の雰囲気を制するのだ」

「よ、よくわからないです」

「ま、まあ。あと二つ作ろう」

「は、はい」

俺とマリーが作っている籠は「ごみ箱」として使う予定である。

上に行くほど幅が広くなる構造はゴミを入れやすくするためなんだ。小型のゴミ箱って色々な形状があるけど、宿のゴミ箱は毎日綺麗《きれい》になるのでゴミの入れやすさ重視でいいかなって。

立方体の箱に比べると、倒れやすいのが難点である。

家庭で使うならゴミも溜《た》まっていくから倒れると大惨事であるが、宿なら大したデメリットにはならないと判断した。

見た目的にも立方体よりエレガントで良いだろ。

和柄の小物類を揃《そろ》えていくことで、和室の雰囲気を作っていく所存である。

今でも怪しげな掛け軸とか壺《つぼ》を置いているが、実用的なものを追加することで更なる和の力を上げるのだ。

革と関係ないけど、調度品で前々から欲しかったものがあってさ。せっかくポラリスがいるので相談してみようかな。

「ランタンを紙で作ってみたいと思って。こういうデザインで作れそうかな？」

「中はロウソクですか？　それとも光石でいきます？」

「光石を使う場合って装置が必要なんだっけ？」

「大した装置ではないですが、魔力の補充が必要です。何度も魔力を補充できるタイプの魔石なら紙も燃えないと思います」

光石はＬＥＤみたいなもので、魔力を込めたら光るんだ。

他にはヒカリゴケを使うタイプもあるけど、ＯＮ／ＯＦＦの切り替えができないのが難点である。

魔石は魔力を溜めておくことができる石で、一度きりの使い切りタイプと何度も補充できるタイプがあるんだよ。

充電式の電池と使い切りの乾電池のようなものだと認識してくれて構わない。

ロウソク以外に油を燃やすこともできるけど……う、うーん。

「ロウソクだと火事になるかもしれないよね」

「そうですね……人の目が届くところが望ましいと思います」

「光石でこういった形状のものを作れそうかな？」

「骨組みは竹ですか？　でしたら難しくないですよ。エリックさんが発見された竹は素晴らしいものです。何故今まで殆《ほとん》ど利用されていなかったのか不思議です」

竹は弾性がありそれなりに頑丈だから、素人でも加工しやすい。

拙い俺の絵を見ただけでポラリスはこういった感じにしたらどうでしょうか、と黒板に描き直してくれた。

「お。おおお。こっちは俺じゃ難しそうなんだけど、案だけでも見てくれるかな?」

「もちろんです。エリックさんの発想は面白いので是非見せて頂きたいです」

「こう、こういうの」

「なるほど。小さなものをサンプルとして作ってみましょう」

「これだけで分かるの?」

「はい。問題ありません」

マジか。ポラリスすげえ。超尊敬する。

染料もいくつかあるので、そいつも使おう。

「できたあああ! 形がよくないけど、後は慣れだな……」

「わたしもできました!」

「僕も完成しましたよ。色と柄を付けたものを後日お届けしますよ」

どっぷりと日が暮れ、宿屋にお客さんが来る頃に俺たちの作業は一旦《いったん》終わりを迎えることになった。

ポラリス作のものは一旦彼に持ち帰ってもらうことにして、俺とマリーが作ったものはさっそく使ってみるとしよう。

と、その前に。

「いらっしゃいませ!」

俺が動くより早くマリーがお客さんの下へパタパタと駆けていく。

そんじゃあ、俺は俺でさっそく光を点けてみるとしようか。

紙と竹で作ったランタン……時代劇とかでよく見かける提灯《ちょうちん》である。

提灯に光を灯《とも》してみたら、暖かな光が漏れだし「お、おお」と思わず声が出た。

「お。新しいランタンを作ったのか」

「うん。そうなんだよ。しばらくぶりだな」

やって来たお客さんは髭《ひげ》もじゃのゴンザとスキンヘッドのザルマンだったんだ。

一時期しょっちゅう宿屋に来てくれていたのだけど、他の場所で元気に冒険していたんだろ。

傷一つ無さそうな様子を見て、思わず頬が緩む。

一方で髭もじゃはガシガシと乱暴に頭をかきむしり豪快に笑う。

「こっち方面のクエストがあれば率先して受けていたんだが、最近人気でよ。先に取られちまってな。ガハハハハ」

「へえ。そうなのか。ダンジョン関連のクエストが多かった記憶だけど」

「まあな。ダンジョン関連は手軽な難易度のものも多い。不人気なクエストもあるにはあるんだけどな」

「それ。東だろ」

冒険者ギルドは王国中に支部があり、所属する冒険者を管理している。

クエストや依頼と呼ばれるものは各支部ごとに振り分けられ、冒険者たちは自由にクエストを受注することができる仕組みなんだ。

クエストは護衛や街の警備などから採集依頼、モンスターの角を取ってこいといったものまで様々である。

そんなクエストであるが、それぞれ難易度というものが定められており、冒険者のランクかパーティランクに応じて受注できるできないが決まっていた。

冒険者ランクは個人の実力で、パーティランクはパーティとしての実力である。

個人でクエストを受注する場合には相応に高いランクが求められたりするのだ。高難易度クエストだとほぼソロじゃ受注できないんじゃないのかな。

クエスト難易度はややこしいことに冒険者ランクと同じアルファベット表記である。

クエスト難易度は一番低いEから最高ランクのSまであり、最高ランクのSだと個人受注はほぼ不可能。

ほぼと言ったのは個人ランクである冒険者ランクがSランク以上であればどんなクエストでもソロで受注できる仕組みがあるからだ。

個人でSランクなんて今まで冒険者をやって来て会ったこともない。冒険者ランクもクエスト難易度と同じようにEからSまである。

いやいや。最高ランクはSじゃなくて、あの酔っ払いはSSだったじゃないかって?

確かにあの酔っ払いはSSランクだった。SSランクは例外中の例外なんだよね。

SSには会ったが、Sランクには会ってない。なので会ってない記録は継続中である。

Sランクの話に戻すと……Sランクは実力差が激しくてさ。Sランクの中でも頭一つ抜けた存在だとSSになるんだって。正直雲の上過ぎて詳細は知らん。もう俺は冒険者じゃないし。

ゴンザは確かBランクだったと思う。あの髭もじゃ、おっさんの癖に中々の高ランクなんだぜ。ザルマンとのコンビでパーティランクはどれくらいなんだろ。シルバーかひょっとしたらゴールドクラスなのかもしれない。

それでも、東はダメだ。東はやばい。殆どのクエスト難易度がAランク以上だったと思う。魔境だよ。東の渓谷は。

「俺のような中堅じゃ無理無理。冒険者は体が資本だろ。危なすぎる橋は渡るもんじゃねえな」

「そらそうだ。英雄になりたきゃ別だけど、おっさんが今更英雄を目指すなんてこともないからな」

「言うじゃねえか。その通りだ。ガハハハハ。おっさんは酒を飲むためにその日稼ぐことができりゃいいのさ。てなわけで酒だ。酒。新作の酒とかないのか？」

「あるある」

清酒を出してやることにしようか。あとは適当にアテを持って行ってその間に食事を作ろう。

「うめえ！　そうだ。エリック。アレは仕入れたのか？」

「アレって？」

「お前さん用で特別に準備したって酒を以前俺たちが飲んじまったことがあっただろ？」

「あ。ああ。芋焼酎《いもじょうちゅう》か」

「そうそれ！」

「あるぜ。出来立てほやほやのやつがな。飲むか？」

「お！　いいのか！」

ゴンザが嬉々《きき》として叫ぶ。

もう一方のスキンヘッドは彼のような反応をしなかった。

「俺はもうちっと弱い酒の方が好みだな。ビールでいいや」

「それなら、待ってろ。ザルマンに気にいってもらえるか分からないけど、一つ新作を持ってくる」

「エリック。その新作、俺にも頼むわ」

「全く……酒には目が無いな」

目ざといゴンザは自分にも新作をと所望する。

隣に酒造所ができたからな。しかも熟成期間が必要ないときたものだ。

材料さえあればすぐに補充することができるんだぜ。まさに夢の酒蔵が誕生したわけだ。

ただし、製造主にアルコールが入っていないことが必須《ひっす》である。

あの酔っ払い魔導士は酒さえ入ってなければ、超がいくつもつくほど優秀だ。

飲むと信じられないくらいダメな子になっちゃうけどね。

容姿も含め天は二物以上を与えてしまう、を地で行くチートっぷりなスフィアであるが、この先はもう言うまい。

本人も自覚しているからさ。

「お待たせしました！」

マリーが芋焼酎とにごり酒をゴンザ卓に置き、にこっと誰もが思わず目尻《めじり》を下げるような笑みを浮かべる。

声も元気いっぱいですっかり宿の看板娘になってくれたよな、としみじみしてしまった。

ゴンザは芋焼酎をやりながらナスの天ぷらをつつき、もう一方のザルマンはナスの煮びたしをほおばりにごり酒に口を付ける。

二人とも今日はナスの気分だったらしいが、味付けの好みが違う。

それぞれで別のものを頼んで飲むのが彼らのスタイルのようだった。俺は同じ皿をつつく方が多いかなあ。

そういや、最近、決まった料理を配膳《はいぜん》することが無くなって来た。

宿屋の開店当初は食材が少なかったこともあり、食事は決まった料理を提供していたんだ。

それが、食材とメニューも充実してきたので、決まった料理でなくメニューから選ぶこともできるようにした。その流れでゴンザらのように決まったメニューの夕食付にせず、食事はするけどメニューから頼む人が出てきてさ。いつの間にか夕食付で宿泊する客が皆無になって来たんだよね。

街の宿は食事を提供するところでも、レストランが併設しているというスタイルだ。

宿泊費と食事代は別の方が受け入れやすかったのだと思う。夕食付の方が金銭的にはお得なのだけどね。

俺としては忙しさが増すものの、売上が倍以上に膨れ上がるので歓迎である。

そのうち夕食付の宿泊メニューを無くすかも。朝食は何故か好評でほぼ全ての宿泊客が夕食無しで朝食有りなのだ。

聞くところによると、朝から飲み屋にはいかないだろ、とのことだった。

分かったような分からなかったような……。

俺が冒険者時代はどうだったかな。朝は自室で食べてから出かけていた気がする。


ゴンザらの相手ばかりをしているわけにはいかない。キッチンとは戦場なのだ。

微笑ましくマリーの接客を見ながらも、必死で手を動かす。

「宿主さんー！　怪我人です！」

その時、悲痛な叫び声が耳に届く。

お、おお。骨折程度の怪我人ならちょくちょく訪れていたが、声からして相当深刻な状態なのか？

叫んだ犬耳の少女に続いて銀髪の髪を後ろで縛ったイケメンに担がれた犬頭の男。

あれ、彼らどこかで見たような。

続いて長い耳が特徴のエルフの女の子と熊のような大男が店内に入って来た。

「リーダーが！　動けなくなっちゃったの！」

「動けなく……？　どういう状態なんだ？」

「麻痺《まひ》……だと思う」

「麻痺ならそのうち動けるようになるんじゃ？」

「もう半日もこの状態なの。レイシャのヒールも効果が無くて」

「本職の回復術師《ヒーラー》でも何ともならんとは……一体どこでどんな……いや、先に治療に入ろう、二階へ怪我人を運んでもらえるか？」

タイミングがいいというか何と言うかちょうど料理を全て終え、いち段落ついたところだった。

第四章　忘れがちだが全快する宿なんだぜ

宿屋「月見草」の一番の売りは「全快する」こと。

料理やら和柄なんてことに力を注いでいたが、宿としての独自性と魅力を高めるためだった。

この先いろんなものを追加したとしても、宿の一番の売りは変わることが無い。

教会が宿を開いてヒールをするなら話が別だが、彼らは治療に対してお金を取るのでうちのような宿泊費じゃ済まないよな……。

かかる治療費のことを想像しブルリと背中を震わせた。

リーダーと呼ばれた犬頭の男を部屋まで運んでもらい、包帯を巻きつけ布団を被《かぶ》せる。

治療といってもできうる限り体に俺のヒールのかかったアイテムを触れさせるだけ、なのだけどね。

これ以上のことはできないし。麻痺している状態なら口から水を注ぎこむこともできないので、これ以上は何ともできない。

後は治療効果が現れるのを祈るのみだ。

一人上の階から降りてきた犬耳の少女に対し右手をあげる。

「すまん。リーダーともう一人は宿泊できるけど、生憎《あいにく》部屋がいっぱいなんだ」

「ううん、いつも野宿だし。おいしいごはんと温泉で大満足だよ！　大学いもは我慢……リーダーが元気になったら食べるの」

「大学いもで思い出したよ。確かアリサだったか。イケメン戦士と一緒に担ぎ込まれてきた」

「あの時はありがとう！　あたしもグレイも死にかけてて」

「こちらこそだよ。いっぱい食材を提供してくれてありがとうな」

どこかで見たことがあると思ったら、パイロヒドラの毒にやられて担ぎ込まれてきた冒険者パーティだったのだ。

あの時とメンバーが違っているな。確か合同パーティとか言ってたっけ。

俺が見たことがあるのは三人。ベッドに運んでもらった犬頭のリーダーとアリサにグレイだ。

他の二人は彼らと普段からパーティを組んでいるのか今回限りなのかは分からない。詮索《せんさく》する気もないから真実を知ることもないだろう。

「一体今度は何にやられたんだ」

「分からない……必死で逃げて来たの……」

「そ、そうか。無事逃げることができてよかったな」

「う、うん。もう二度と東の渓谷には踏み込まないって誓ったよ……」

「正気か。東の渓谷に行くなんて」

「行くつもりはなかったの。近くでモンスターを狩っていてあと一歩のところまで追い詰めて、それで」

「そういうことか。近くに行くのもやめたほうがいいんじゃないか」

「うん。そうする……」

力なくうなだれるアリサは耳まで元気がなくなった。

部屋はいっぱいと伝えたものの、彼女以外の三人はリーダーを見守っているのかまだ降りて来ていない。

雑魚寝かつ鮨詰状態でよければリーダー以外の全員が部屋に入っても問題ないといえば問題ないのだけど、宿としてはどうなんだろうか。

リーダーともう一人なら二人ともベッドで休むことができるけど、彼以外の全員がリーダーを案じ傍《そば》にいたいと申し出るならそれはそれでいいか。

もちろん、料金をいただくのは二人分だ。

一応俺は宿泊できるのは二人と伝えた。それでいい。

ルールを必ず順守しなきゃ泊めないって宿でもないし、二人までと決めているのは快適に部屋で過ごしてもらうためである。

人によって快適の基準が違うのだし、彼らにとって全員で見守ることが良いのなら止めはしないよ。

「上に残っている仲間たちも呼んできてもらえないか？　おいしいご飯を食べるんだろ？　それに温泉も」

「う、うん……」

よろよろと立ち上がり、階段を登ろうとしたところでちょうど降りて来た彼女の仲間たち。

全員ではないな。「銀髪のイケメン」グレイ以外の二人だけか。

くるりと踵《きびす》を返したアリサが目線だけを上下させる。

「グレイは後から来るって。誰か一人はリーダーについていたいの。ごめんね」

「いや、グレイの分は後から作るさ。メニューはこれだ。一部もう品切れもあるけど」

「お任せで軽いものでいいかな？」

「分かった。大学いもは無しでいいんだな？」

「……うん」

お通夜のような雰囲気の中、どうするか悩む。

あまり食欲もなさそうだし、粥《かゆ》にしてみようか。いや、それじゃあ病人や二日酔い客相手みたいだよな。

お、そうだ。ゴンザらも部屋に行ったので残った客は彼らだけになる。

俺とマリーの夕食も兼ねて作っちゃおう。

器にご飯を盛り、炊いた米を潰《つぶ》して揚げたものを小さく砕いてパラパラと。

梅干しがあればよかったのだけど、生憎梅が無い。

ので、魚の身をほぐしたものとほうれん草を少々。さっぱりさせるためにショウガも載せる。

最後は昆布の粉を振りかけて、お湯を入れれば完成だ。

「月見草」版「お茶漬け」である。お茶じゃないけどね。

後は残った食材を適当に焼くなりして持って行こう。

「お待たせ。あったまるぞ」

「いい匂いー」

「初めて見る料理だな」

「はい」

アリサに続き、熊のような大男とエルフの女の子が顔を見合わせる。

「俺たちもご一緒していいかな？」

「もちろん！　遅い時間に作ってくれてありがとう！」

椅子に腰かけつつマリーも呼ぶ。

「おいしい。こんな料理もあるんだね。白い粒々は味があまりしないのが、このスープと合わせるとおいしくなるんだね」

「これはうまい。オートミールのようなものかと思ってたが、全然違うな」

ようやくアリサが笑顔を見せてくれた。無理やり作った感がありありだけど、それでも「おいしい」と言ってくれたことに、少しでも元気になってくれたのかなとホッと胸を撫《な》でおろす。

大男も料理を気にいってくれたようだな。

エルフの女の子は無言であるが、黙々と食べていることから気にいってくれてはいるようだ。

マリー？　彼女はいつものようにこくこくと頷《うなず》きながら「幸せー」となっているよ。周りに気を遣って声を出してはいないけど。

一番早くお茶漬けをたいらげたエルフの女の子がスプーンを置き、真っ直ぐ俺を見つめて来る。

「包帯と布団にかかっていたヒールは宿主さんが？」

「うん。これでも元回復術師《ヒーラー》なんだ」

「そうだったんですね！　これほど高位の回復術師《ヒーラー》様が宿を経営されていたなんて驚きです。今は魔力切れなのでしょうか……？」

「いや。魔力はほぼ全快だよ」

「でしたら……リーダーのディッシュさんにヒールをかけていただけませんか……？　私のヒールではディッシュさんの麻痺を解くことができず」

なるほど。彼女は俺と同じ回復術師《ヒーラー》だったのか。なので、俺が布団や包帯、枕なんかにかけていたヒールを感じ取った。

おそらく回復力の持続具合から元はとんでもない回復力があったのだろうと推測したわけか。

だが、残念。

「俺のヒールは初心者回復術師《ヒーラー》並……いやそれ以下の回復力しかないんだ」

「え、いえ、ご謙遜《けんそん》を。布団にかけられたヒールは少なくとも半日は経過しています。それでもあれほどの回復力が残っているのです」

「それが俺の特性でさ。俺のヒールは時間が経過しても殆《ほとん》ど減衰しないんだ。だから、弱くても包帯を当て続けることでじわじわと回復させられる」

「そのような特性……聞いたことがありません！」

「信じられないよな。俺だってそうだった。今、ヒールを使ってみせるから、見てて」

マリー以外の前でヒールを使うのは久しぶりだな。

目を瞑《つぶ》り意識を集中させる。

集中。祈り。念じろ。

「ヒール」

向け先が無かったのでマリーの頭に手を乗せた。ごめん。マリー。

俺のヒールを見たエルフの女の子が大きく目を見開く。

「ほ、本当に……それがあなたのヒールなのですか……」

「見た通りだよ。だから、冒険者を引退したんだよ」

パクパクと口を開くも彼女から声が出てこないでいた。

喘《あえ》ぐように水を飲んだ彼女は大きく肩で息をしてようやく声が出る。

「私がこれまで出会った回復術師《ヒーラー》さんの中で一番衝撃を受けました。素晴らしいヒールですね！」

「そ、そうなのかなあ。その場で癒すことができればそれに越したことがないと思う」

「確かにおっしゃる通りですが、大僧正様やSランク冒険者ならともかく、宿主さんの持続力をもってすればこと毒などの継続的にダメージを受けるものに対しては右に出る人がいません！　生憎修業中の身ですので、宿主さんの弟子になることができず口惜《くや》しいです」

「で、弟子なんて。君だってヒールを使うことができるんだろ？　それなら俺に教えることなんて何もないさ」

同じ回復術師《ヒーラー》から褒められるなんて露ほどにも考えたことがなかったから、嬉《うれ》しさより驚きが勝った。

一回のヒールで百回復するよりも、十回復を百回繰り返した方が百と千で後者の方が回復量は多い。向き不向きはあるけど、継続的にダメージを受けてしまう毒に対しては持続する回復が向いている。逆に一度に一定以上の回復量が必要な「腕をくっつける」とかになると継続的な回復は向いていない。

彼女の言う通り、パイロヒドラの毒みたいなものは継続的に回復することで毒が抜けるまで粘り、その後体を癒すことができたな。

「ふう。今日もいろいろあったなあ」

温泉はいい。今は岩風呂《いわぶろ》で囲いを付けただけの半分外のような作りであるが、いずれ別館を作ってそこに木製の湯船とサウナを追加し岩風呂は屋根だけある露天風呂にしようかなあ。

一日の疲れを湯と共に洗い流すのだ。

「あああ。これ最高じゃねえかあ」

お盆に載せたおちょこととっくり。粘土をこねてポラリスのところの窯で焼いた手作りのものである。

中に入っているのは清酒だ。キーンと冷やすことができればよかったのだけど、保冷庫はあるが冷蔵庫はない。

赤の魔導士なら冷却魔法とかで氷を作りだすことができたりするのかな？

常温でも温まった体には冷たく感じる。

そんじゃま。もう一杯。

とっくりからおちょこへ酒を注《つ》ぐ。残念ながらアテはない。湯の中に落としちゃいそうだし、温泉に浸《つ》かる前に腹いっぱい食べたからもう満腹である。

ガサガサと竹の囲いが揺れ、何かが飛んできた！

どぱん。

「何だこれ。リンゴ？」

岩風呂に着弾したそれは緑色のリンゴだった。

何故《なぜ》にリンゴが飛んできたんだ？　雨の代わりにリンゴが降って来るなんて聞いたことが無い。

一個だけだし。

「うお」

油断していたら更にリンゴが飛んできた！

な、何奴《なにやつ》。出会え出会え。リンゴの襲来であるぞお。

ふざけていたら、竹の囲いの隙間からにゅうんと白と黒柄の猫の顔が見えた。

あんな狭い隙間から顔を出しちゃって。毛だけじゃなく顔の皮も引っ張られているじゃないか。

と思ったら、頭が完全に前に出て、体もするりと隙間を抜けてきた。アメリカンショートヘアのような柄をしていることからマーブルだな。

「にゃーん」

「マーブルも入る？　洗ってやるぞ」

立ち上がり両手をぐーぱーすると、プイッとすげない態度を取るマーブル。

そのまま俺のことなど知らぬとばかりにトコトコ歩いて、反対側の囲いの隙間から出て行った。

な、なんだよお。

猫が温泉に入る姿は想像できないけど、別に温泉に入る猫がいてもいいじゃないか。

ドシンドシン。

今度は何だよお。竹の囲いがぐらぐらと揺れている。

「やめろお。倒れるだろお」

慌ててうんしょっと囲いをズラす。竹の囲いを揺らしていた犯人はビーバーだった。

全部で三体いる。

道ができたビーバーたちは俺の股《また》の間を通り温泉にドボンと飛び込んだ。

「びばば」

「びびばばばば」

な、なるほど。温泉に着弾したリンゴ狙いだったのか。

十個以上は降って来たからな。リンゴ。

リンゴ風呂も良い香りがして悪くないか、なんて思っていたりした。

ビーバーたちは器用に前脚でリンゴを挟み、湯船から出てリンゴを齧《かじ》り出す。

「それはワタシのリンゴでえす！」

竹の囲いの向こうから、ワオキツネザルが。ええと、高さ5メートルは出ているな。とんでもねえジャンプ力だ。

無駄に能力が高い……。もっと違うことにその力を使えよ。

もう、呆《あき》れて声も出ねえ。

無言で湯船に戻った俺は、リンゴを掴《つか》み口につける。

「悪くないな。リンゴと清酒。しゃりしゃりしておいしい」

「すみよんのリンゴでーす。エリックさんも食べていいでえすよお」

「食べないとビーバーたちが食べちゃうぞ」

「そうでしたあ。リンゴ甘いでーす」

「聞かなくても分かっているけど、一応聞かせて。このリンゴはすみよんが投げたんだよな？」

「その通りでえす。エリックさーんとたまには一緒にご飯をと思いましてえ」

「そ、そうか。俺の食事場所は風呂じゃなくて食堂な」

「それ、飲んでましたー」

「あ、ああ。そうね」

生活習慣がまるで違うワオ族のすみよんに言っても仕方ないことか。

彼は俺のためにリンゴを持ってきてくれた。その気持ちだけ受け取っておけばいいんだ。

一緒に食事をしたい、ということは好意の表れだろうから。

「リンゴもう一個もらっていいかな？」

「どうぞお。すみよんのおごりでえす」

「このリンゴ、どっかから採って来たの？」

「そうですよお。エリックさんもリンゴ欲しいですか？」

「そ、そうだな。グラシアーノさんから仕入れているけど、山にリンゴってあったっけ」

ブドウやらモモやら山には色んなフルーツが自生している。どれがあってどれがないとか最近分からなくなってきた。

宿のお客さんが増えて、グラシアーノからの仕入れに頼る食材量が急増したからさ。

彼だって馬車で廃村まで来るので仕入れる量にも限界はある。でも今の宿の規模だったら、彼からの仕入れだけで八割以上は賄えているんだよな。

仕入れると原価が高くなっちゃうけど、その分こちらの手間がグンと減る。

畑だってまだまだだし、家畜の方なんて育てていたら肉にすることなんてできなくなってしまって……。

だって、だって。俺の手をぺろぺろ舐《な》めてくれるヤギを肉にするなんて無理よ。可哀《かわい》そうじゃないかあ。

そして俺は悟る。俺にもマリーにも肉にする家畜を育てるのは向いてないことを。

しゃりしゃりと細かく口を動かしてリンゴを食べていたすみよんが一旦《いったん》口の動きを止めた。

「ありまあす。少し遠いですよお。エリックさんの足だと行って帰って来れないかもしれませーん」

「宿を空けるわけにはいかないからなあ」

「リンゴ食べたいですかー？」

「ま、まあ。そうだな」

「すみよんに任せてくださーい。エリックさんには弟子がお世話になっていますからねー。ブドウも沢山いただきましたしー」

「リンゴ、倉庫にあるよ。次の仕入れまでもうすぐだからお裾《すそ》分けしよ……」

話が終わってないってのにリンゴを食べ終わったらしいすみよんは湯船からあがりペタペタと竹の囲いを倒して行ってしまった。

ドシイインという嫌な音が虚《むな》しく俺の耳に届く。

「ジャンプで来たんだからジャンプで帰れよ！」

元に戻す俺の身にもなってみろってんだよ。しかし、これだけ脆弱《ぜいじゃく》な作りだと女湯の方、覗《のぞ》かれたりしそうで怖いなとか思わないか？

問題ない。女湯の方はちゃんとした壁だからね。男湯は当初完全なる露天風呂で、後から竹の囲いを付けた。やろうと思えば簡単に囲いを動かすことができる。

「エリックさんー！」

「どうした？　マリー」

本来なら壁越しに声をかけてくれたのだろうが、生憎今はすみよんによって囲いが倒されていた。

囲いを掴んだ俺とマリーの目が合う。

「あ、あ、あう」

「ん、あ、ごめん」

囲いで自分の大事なところだけを隠し、マリーに謝罪する。

彼女は顔を真っ赤にしながらも、伝えたいことだけ何とか紡ぎ出す。

「ぼ、冒険者さんの目が覚めたそうですうー」

ぴゅーっとマリーは走り去ってしまった。

ゆったりとした時間を過ごすつもりの温泉が、大運動会になったな……。


「この前はグレイとアリサを。そして今回は俺を。本当にありがとう」

ベッドに座った犬頭のリーダーことディッシュが両手を太ももに置き深々と頭を下げる。

他の客室は既に就寝中であったので、彼らも喜びの中であっても声を抑えている様子。

結局彼らは全員リーダーの客室で彼を見守っていたようだな。

全員が揃《そろ》って寝ていない。おいおい。そんなんじゃあ、冒険者失格だぞ。

冒険者はいついかなる時も対処できるようにしなきゃならない。夜だって交代で寝るし……っと
ここは安全な宿だから特に問題ないのか。

しかし、ここは廃村。村の警備をする人なんていないし、モンスター襲来に備えた壁もなければ
罠《わな》やら鈴も一切備えていないのだ。

彼らは野宿予定なのでやはり備える……ん。

俺もマリーも夜はぐっすり寝ていたよ。そうだよな。突然モンスターが襲撃してくるかもしれないんだよな。

……よく今まで何もなかったものだ。

といっても、何か対処しようにもできない。建物の中だったら壁や窓枠が壊れる音で飛び起きるだろうし、夜はぐっすり寝よう。

このことはマリーには知らせず、俺だけの心に留《とど》めておこう。

犬頭のリーダーとグッと握手を交わし、階下へ。

「よかったですね！」

「うん。安心して眠れるよ」

マリーが水を入れたコップをテーブルに置きながらにこにこして耳をピコピコさせた。

その屈託のない笑顔に癒される。

そこへトコトコと子猫のチョコとニャオーがやって来た。

飼い猫が五匹もいると、宿にいたら一日に何度も猫たちを見かける。

チョコはマリーの足もとで彼女の脛《すね》に頬を擦りつけ可愛《かわい》らしく鳴く。もう一方のニャオーはふてぶてしくじっとチョコの様子を見守っていた。

「ミルクかな？　待ってね」

パタパタとキッチンに向かうマリーにチョコがついて行く。

「ニャオーは行かないの？」

「……」

少しは反応くらいしろよ、全く。

俺はマリーと違って猫の気持ちは全く分からん。猫を飼っている人は仕草やらを見るだけで何となく猫たちが何を欲しているのか察するそうだが、俺にはまるで見当が付かないでいるよ。

今後も変わることはなさそう。

「宿主さん。ありがとうございました」

「リーダーが元気になってよかったよ」

マリーと入れ替わるようにして回復術師《ヒーラー》であるエルフの女の子が降りて来てペコリと頭を下げる。

耳も半ばでお辞儀をしているようでエルフの新たな魅力を発見したことは秘密だ。

そう言えば彼女の名前もまだ知らなかった。宿帳にはリーダーとグレイの名前しか書いてないからさ。

宿帳上では宿泊者は二人となっている。二人部屋だし、ね。

「回復術師《ヒーラー》の君がついててあげたほうがいいんじゃ？」

「いえ。麻痺《まひ》は解除さえできれば、どこも怪我《けが》をしておりませんので問題ございません」

「確かに。今回の麻痺って毒じゃないよな。いや、毒と言えば毒だけど」

「おっしゃる意味は理解できます。今なら私でも治療ができたかもしれません。ですが、『いつ』なのか分かりませんし、ヒールをかけ続けることはできません」

俺と彼女の見解は一致しているようだ。これでも回復術師《ヒーラー》の端くれ……見立てがあっているようで良かった。

リーダーの麻痺は魔力が込められた呪いのようなもので、自然に解除されることはない。毒であれば遅くても丸一日で動けるようになる。

純粋な毒なら体に入って、いずれ分解されるからね。

だが、今回の呪いの一種の麻痺は違う。呪いを解除せねば麻痺が解けることがないのだ。

ゲームだと状態異常は専用の魔法があったりするが、この世界では全て「ヒール」である。分かりやすくていいだろ？

純粋な毒でも呪いでも怪我でもヒール。ヒールがあれば全て解決する。

なので回復術師《ヒーラー》はヒールさえ使えればいいのだ。実力によって回復力に差がある。俺は……まあいいじゃないか。

ともかく、リーダーは麻痺の呪いにかかった。

呪いも魔力が込められていて、ヒールの回復力とガチンコバトルの結果、回復力が勝れば呪いが解ける。

呪いも魔力であることから、減衰していくのだ。俺のヒールの回復力が呪いの魔力を上回った時、解呪されるのである。

俺のヒールの回復力が最低なのは何度も説明した通り。しかし、包帯、布団、枕など何か所にもヒールをかけ、体に触れさせることで回復力が増す。

だいたい、俺のヒール十五回分くらいの回復力が一分単位くらいでかけ続けられるのだ。

あまり回復しないヒールでも塵《ちり》も積もれば山となる。結果、怪我も完治するってわけさ。

呪いは怪我と違って、回復力が呪いの魔力を上回らなきゃならないので怪我や毒よりハードルが高い。それでもまあ、解呪できてよかったよ。

うつむいて黙ったままの彼女は俺と同じく何か考え事をしているようだ。

微妙な沈黙が流れ、気を遣ったのかマリーはキッチンのところで皿に牛乳を注いでいるし……。

お座りしていたニャオーも牛乳がキッチンだと分かると、さっさと向かって行ってしまった。こういう時、どうすりゃいいんだろ。

「あー、えー。エルフで回復術師《ヒーラー》って珍しいね」

「他の種族に比べ比較的魔力の才能に恵まれているエルフには適職だと思ってます」

「た、確かに。別に神に帰依《きえ》しなくとも、ヒールを使うことはできるし。呪文を覚えるのも一つだけでいいものな」

「私は精霊との相性が悪く、エルフの村では落ちこぼれでした。魔術を修めることも考えましたが、怪我を癒すシスターの姿を見て、これだと思ったんです」

「そ、そうだったんだ。俺も冒険者として落ちこぼれで、は、はは」

まずい。地雷を踏んでしまったようだ。

「そんなことはありません！　宿主さんは素晴らしいヒールをお持ちです！」

「あ、う、うん」

こ、こういう時は「ちょっと待ってて」と言い残してキッチンに急ぐ。

「エリックさん？」

「少しおやつでも、と思って」

謎のダッシュでやって来た俺に対しポカンとするマリー。

な、何かあったかな。米の残りがあるか。

冷えてしまった米を麺棒《めんぼう》で伸ばし、形を整えてっと。油を引いて軽く焼き、塩をパラパラと振る。

仕上げは味噌《みそ》を軽くぬって……簡単だけど、これで完成だ。

せんべいらしきもの、小麦じゃなくて米だぞ、米。ふふ。

さっそくできたばかりのせんべいを持って席に戻る。

「ええと……」

「レイシャです。宿主さんは？」

「エリックだ。この時間だからちゃんとしたご飯は作れないけど、起きていたらお腹《なか》が減らないか？　安心してくれ、お代は要らないからさ」

「いい香りがします。遠慮せず、頂きますね」

「マリー。一緒に食べよう」

「はい！」

マリーも呼んで、さっそく実食タイムだ。

「香ばしくてお味噌ととても良く合いますね！」

「おいしいです」

「口に合って良かったよ」

うん。悪くない。これはメニューに入れてもいいかも。

案外、酒と良く合うんじゃないか？

「俺はさ。落ちこぼれだったけど、こうして宿屋をやって、癒しの形はヒールだけじゃないと実感しているんだ。レイシャもさ。精霊や魔術が使えなくてもレイシャにしかできないことがあるじゃないか。だからさ……う、う―ん。うまく言えないけど、誰もがそれぞれ個性があって、それがいいんだって思ってる」

「ありがとうございます……」

やべえ。レイシャが泣き出してしまった……。

「ま、まあ。人それぞれ、それでいいんじゃないかって。マリーにはマリーの良さがあり、レイシャにはレイシャの良さがある。もちろん、ニャオーにだって。ニャオーというのはそこのふてぶてしい猫な」

「ふてぶてしくなんかありませんよお。とっても聞き分けのいい子なんですよ」

「えー。そんなことないだろ」

「そんなことあります！　エリックさんが冷たくするからですってばあ」

マリーが合わせてくれたのでそれに乗っかる。

あははと俺とマリーが笑い合う。

「修業の仕方も人それぞれ……なのですね。ディッシュさんだけじゃなく、エリックさんは私も癒してくださいました。ありがとうございます」

そう言ってレイシャは涙を拭《ふ》き、はにかんでくれたのだった。

翌朝になり、すっかり元気になったリーダーを含む冒険者パーティを見送り、ふうと息をつく。

元気になってよかった、よかった。

エピローグ　牧場作り

「マリー、そこを支えてもらえるか」

「はい！」

マリーに木の杭《くい》を支えてもらい、上から木槌《きづち》を振り下ろす。

何をしているのかって？　牧場を拡張しようと思ってさ。いや、拡張はついでかな、本命は柵《さく》の入れ替えだ。

当初牧場もどきを作った時は廃屋の材木を集めてきてとりあえず柵ぽくしただけだった。

しかし、今は違う。ビーバーという心強い隣人がいる。

彼らにお願いして立派な木の杭と柵用の横板を作ってもらったのだ！

木槌と金槌と釘《くぎ》はポラリスの店で購入したもので、とても扱い易《やす》い。これぞ職人技ってやつだな、うん。

「んじゃ、もう一発」

スコーン。

いい音がして杭が地面にめり込む。

いいねえ。杭の作りがしっかりしているから楽々だよ。廃材でやった時の数倍の速度で作業が進んでいた。

「以前の数倍広くなりましたね！」

「まだ杭を打っただけだけど、確かに」

地面に刺さった木の杭を眺め、悦に入る。まだ横板を打ち付けてないけど、並んだ杭を眺めるだけで満足感が凄《すご》い。

「これでラストだ。杭を打ちきったら休憩にしよう」

「はい！」

スコーン、スコーン、スコーン。

最後だと思うと力も入る。

「ふう」

「やりましたね！」

木槌を上に掲げ満面の笑みを浮かべるマリーに顔を向けた。

もちろん俺も彼女と同じような笑みを浮かべて。

宿に隣接する場所で作業をしていたので、食事を持って来ていない。でも、せっかくなのでと思って用意していたものがある。

ここで座るとしばらく休んでしまうと思い、グッと堪《こら》えて宿に向かおうとしたところで気が付く。

「マリー、しばらくここで座って休んでいて」

「何かお手伝いできることがあれば、お手伝いさせてください！」

「いや、ずっと変な体勢で杭を支えていただろ。座って伸びをしていて。まだまだ作業があるからさ」

「は、はい」

ふんふんー。戸惑うマリーを残し一人宿に戻る。

これこれ。外で食べるとなったらやっぱりこれだよな。

ちゃんと包みにいれてお弁当のようにしていたんだ。

大したものではないのだけどね。

「一緒に食べよう、水筒も満タンにして持ってきた」

「わああ、外で食べると思ってませんでした」

「中の方が良かった?」

「いえ、エリックさんとこうして外の景色を眺めながらなんて嬉《うれ》しいです!」

包みの中はおむすびと焼きおにぎりが入っている。

おむすびには海苔《のり》を巻きたかったけど、街で海苔を見かけたことがないんだよな。いずれ代替となるものを開発したいところだ。

海苔のイメージはどうしても海なので、難しいかなあ。だけど、昆布が淡水の川に自生していたくらいだし、思わぬところで海苔(のようなもの)を採集できるかもしれない。

徒歩だからどうしても探索する範囲は限られてしまうんだよね。その日のうちに宿に戻ってお客さんを迎え入れなきゃならないから、泊まりで遠出することもしていないもの。

いずれ、泊まりがけで採集や探索を行う時が来るはず。未《ま》だ見ぬ食材を求めて……なあんて。

「おいしいです！　このお魚、食べやすくしているんですね！」

「外で食べるからと思ってさ。小魚を丸ごと素揚げして葉野菜でくるんだんだ」

「味噌味がきいてておむすびにも良く合いますね」

「口に合って良かったよ」

ははははと笑い合う。

のんびりとした空気を打ち消すかのように鳴き声が近づいて来た。

「びば」

「びばばばば」

「エリックさーん、リンゴくださーい」

ビーバーたちの列と彼らの横に付き添うようにしてすみよんが長い尻尾《しっぽ》を左右に振る。

「ありがとう。リンゴならそこに」

お礼にと思って外に出してたんだ。ビーバーたちには木の杭と柵用の横板を作ってもらったからね。

「甘いでえす」

「びばば」

さっそくリンゴをカジカジし始めるビーバーとすみよん。

「ところでエリックさん。この板をどうするんですかー？」

「それは釘を打って柵にするんだよ」

「日が暮れちゃいますよー」

「一日でやりきれると思ってないさ。ゆっくり進めようかとね」

「そうなんですかー。エリックさんが自分でやりたいんですか？」

「うーん、そういうわけじゃないけど。ここには俺とマリーだけだしさ」

大工を呼んで施工してもらう、なんてことをすれば出張料金、宿泊料金までかかってしまうからとんでもない額になる。

廃村では自給自足ができる部分は自給自足で乗り切るつもりだ。それはそれで楽しいからね。


「うはあ」

しかし、翌朝になると柵がすっかり出来上がっていた。

誰がやってくれたのかは確認せずとも分かる。

心の中で小さな友達にお礼を言って、作業の時間が必要が無くなった俺は苦笑を浮かべつつ採集に繰り出すことにした。

よおし、今日も一日頑張りますか！

特別編一　ハンガーって知ってる？

「脱いだ服をどうしているか、ですか？」

「そそ」

「今までは近くの川にお洗濯しに行ってました。今は畳んでおいています」

「あ、そうだった。俺たちの服は畳んでおいておくんだもんな」

手の空《す》いた昼下がり、マリーと二人食器を洗いながら尋ねてみた。うーん、聞き方がまずかったな。良かれと思って回り道をしたことを少しばかり後悔する。

誤魔化すように「うーん」と頭をかきつつ、結論から話をしてしまおうか悩む。

旅は目的地を楽しむだけじゃなく、その過程を楽しむとか聞いたことが無いか？　いきなり答えを言ってしまうより、そこに至るまでの道を考えてもらった方が理解が深まると思ったんだ。

中途半端に投げかけたまま方向転換していいものか優柔不断な俺としては決めかねているわけだよ。

俺の内心をよそに彼女は吸い込まれそうな笑みを浮かべ言葉を続ける。

「ストラディさんたちがいつも綺麗《きれい》にしてくださって助かってます！　洗うより綺麗になるので、

エリックさんに仕立てて頂いた服がずっと新品のままみたいで嬉しいです」

「だな。俺も最初自分の服を綺麗にしてもらった時驚いたよ。俺の服ってこんな色をしていたんだって」


特に冒険用の服が酷《ひど》かった。

日本にいた頃と違って滅多に洗濯なんてしなかったものな。下着はさすがに水で軽く洗うけど、洗剤なんてものはないし、すぐに薄汚れていってしまう。

石鹸《せっけん》を使えばそれなりに綺麗にはなるんだけど、石鹸は石鹸で素材によってはシワシワになっちゃうんだよな。

その点、ストラディらコビトに任せると畳んでいた状態そのままに綺麗になる。

部屋の清掃だけじゃなく、服もやってくれて大助かりなんてものじゃない。宿はいつも清潔に保たれているし、コビトたちがいなかったら俺たち二人でここまでやってくることなんてできなかった。

たまたま彼らがここを根城にしていて、たまたまマリーが猫を飼っていて……幸運が重なり今の状態がある。

人の出会いに感謝、感謝。

いや、そういうことじゃなくってだな。

「泊まりに来た冒険者が長いコートを着ていたとしたら、コートを畳むと皺《しわ》になるだろ。鎧《よろい》なら立てかけておけばいいけど、コートじゃそうはいかない」

「確かにそうですね」

「そこでだ、コートをかけておけるようにハンガーを作ろうと思って。ついでに武器を置くことができる台も作りたいなと思って」

「是非！　きっと喜んでくださいます！」

結局、過程を省き結論から言ってしまった俺であった。


いざハンガーを作ろうとマリーと作業台に向かい合わせで腰かけたものの、材料を何にするか迷う。

木を削って作るのがいいのだろうけど、手間がなあ。木彫りの人形を作って遊んだことはあるので、やれなくはないと思う。

だけど、もう少しこう、せっかく和風の小物を取り入れたりしていたのだから、お、そうだ。

「竹でやってみようか」

「筒をそのまま使えそうですね」

確かに。竹の太さにもよるけどちょうどいいものを選べば大して加工せずにやれそうだ。

壁にハンガーを引っ掛ける用の杭があれば使えそうだな。引っ掛ける部分は竹細工でやってみるか。

そうと決まれば手頃な竹がないか、在庫を確かめる。

「う、うーん。中々難しい。うお！」

「だ、大丈夫ですか！」

「思いっきり曲げたらするりといっちゃって」

「案外折れないものなんですね」

彼女の言葉にコクコクと頷《うなず》く。竹細工に苦戦してて、グイッと曲げたはいいが放してしまって頬にぴしゃりと当たってしまった。

「わたしがこちらを支えておきますのでエリックさんが仕上げを」

「やってみよう」

ハンガーは小さい。マリーが支えてくれるのはいいのだけど、近い。

彼女に触れないように注意しながら指先に力を入れるが顔から手元が遠くてどうにも良く見えない。

つい、にじり寄ってしまうとゴツンと彼女の額に俺の頭が当たってしまった。

「ひゃあ」

「ごめん、痛かったよな」

「いえ、そのようなことは！」

「こんな時にはヒールがある」

彼女の額に手を当て——目を瞑《つぶ》り意識を集中させる。

集中。祈り。念じろ。

「ヒール」

よし、これで。

何故《なぜ》か真っ赤になったマリーの顔が目に入る。近寄ったまま集中したせいか、彼女の息が俺の鼻にかかりそうな距離にまで迫っていた。

「つ、続きをやろう」

「は、はい！」

目標はハンガーを五本。さあやるぞ！

特別編二　すみよんの冒険

すみよんでえす。スフィアは困った弟子なんですよお。

何やらお酒が飲みたいーとかで宿屋に侵入したんですねえ。ワタシ、ニンゲンのことは良くわかりませんが、お酒を飲む時はお金を払うそうでえす。

夜遅くにお金払えるんですかねえ。ニンゲンは真っ暗だと見えないのにお金払えるんですかー？

すみよんなら平気ですよお。

弟子の侵入のことなんて全く興味がなかったんですが、思わぬところで興味を惹《ひ》かれました。

すみよんはお酒も飲まないし、お肉も食べないですから、どちらにも興味ありませーん。

興味を惹かれたのはニンゲンでえす。

彼の頭の中は変わった作りをしていたんですよお。喋《しゃべ》ってみるとますます興味を惹かれました。

リンゴ甘いでえす。

しゃりしゃりしてて甘いんですよお。

あ、ニンゲンのことでしたあ。すみよん、うっかりさんですねえ。

ニンゲンの名前はエリックさんでえす。エリックさんはスフィアとまた違った形で興味を惹かれました。

弟子のスフィアは獣人としては高い魔力の器を持ってたんでえす。器を満たすまで修業したらどうなるんだろう、と楽しみになりましてねえ。

それで彼女が育つまで見守ることにしたんですよ。

エリックさんの場合は変わった頭の中だったからなんですよねえ。あれ、ワタシ、同じこと言いました？

すみよん、あまり過去を振り返らないんでえす。だって、すみよんですからあ。

弟子が彼の巣の隣で住みたいというので、ちょうど良かったです。エリックさんがビーバーと親しくなっていたことが幸いしました。

ビーバーたちが協力してくれたんですよお。

そうそう、ワタシは惹かれたからといって弟子にしたり一緒に行動したりなんてことをするワオ族とは違うんでえす。

スフィアとエリックさんは接していて面白いから今も一緒にいるんですよお。

そんなわけで彼とお出かけ中でえす。

「しゃりしゃり」

「すみよん、キュウリなんてどこから……」

「エリックさんのところにありましたよお」

「いつの間に」

「イノシシを運びに戻ったじゃないですかあ。その時ですよお」

エリックさんがポンと握った拳《こぶし》で手の平を叩《たた》く。

隙を見せたらダメですよお。イノシシを運び込むのに集中し過ぎでえす。

「あ、ああ。そのキュウリはエレガントな魔法のお礼ってことで」

「モモ、モモはまだですかあ」

「モモはあっちだった……と思う」

「頼りないですねえ」

「他にも色々採集したいからさ」

「答えになってませんよお」

「ま、まあ、いいじゃないか。最終的にモモがゲットできれば」

たははと頭をかく彼に対し、ワタシはキュウリをかじりました。

モモが甘ければそれでいいでえす。

「お、キノコだ。あれは食べられるはず」

「そうなんですかあ。エリックさん、弓を構えてくださいー」

「わ、分かった。こっち？」

「もうちょっと右でえす。いいですよお、そこです。はい、発射」

ヒュン。

矢が飛び、鳥が地面に落ちました。

目を大きく見開いた彼は首を振り、自分の頬をペシンと叩いてから鳥を回収しています。

「エリックさんはいつもこんなノロノロ移動しているんですかー？」

「いやまあ、徒歩だからな」

「そうですかあ」

「走れば多少は速くなるけど、あまり意味がないし」

と言いつつキノコを籠《かご》に入れるエリックさん。

そんなことがありつつ、モモも無事採集して彼の宿屋に戻りました。


「モモ、甘いでえす」

「師匠、おかえりなさい」

「エリックさん、徒歩なのですよお」

「馬は手間もかかるし、廃村の周りは食材が豊富みたいだから」

「そんなものですかあ」

「たぶん？」

家に戻り、モモをかじりながら弟子に聞いてみたのでえす。

うーん、彼の速度だとリンゴを採って戻って来れないですねえ。

何か名案はないものでしょうか。

ここにいても何も浮かびません。外ならビビビッと何か来るかもしれませんねえ。

こう空に向けて尻尾《しっぽ》を振り回すと浮かぶかもしれないじゃないですかあ。

むむむ。ビビビッと来たかもしれません。

特別編三　マリーのお仕事

「色々変わっている……」

「変わっている、のですか？」

腕を組むエリックさんに向け小首を傾《かし》げ自然と尻尾《しっぽ》もくいっと上がっちゃいました。

彼とわたしの前に置かれているのは山盛りになった白い粒々です。

「マリーは米を見たことがなかったっけ？」

「はい、亀の背から取れるのですよね？」

「あ、うん、ま、まあそうだね」

「……？」

エリックさんが眉間《みけん》に皺《しわ》を寄せ、唸《うな》り声をあげました。

彼は涼やかで優し気な顔をしているし、実際とっても優しいの。

渋い顔をしていても彼の柔和さは全く失われていない。たまに見せる困った顔は護《まも》ってあげなきゃって思わせるんです。

頼りがいのある人なのに、こういった一面も見せられちゃうと落差にドキドキしちゃいませんか？

わたしが一人心の中で百面相をしていたら、真剣な顔をしたエリックさんと目が合っちゃいました。

「マリーも悩んでいたんだな」

「え、え、いえ、は、はい？」

「米を乾燥させて、とか色々悩んでいたんだよね。でも、コビト族が精米してくれただろ。そのまま炊飯してもおいしいし」

「お米はおいしいです！」

パンの代わりに食べると聞いてどんなものなんだろうと思っていたんですが、食べてみるとなるほどと思ったんです。

エリックさんの選んだ食材なので味を疑ってはいませんでした。

それでも初めて見る食べ物は少し戸惑っちゃうんですよね。

炊き立てのお米は「ご飯」と言うのだとエリックさんに教えてもらいました。ご飯は焼き立てのパンのように柔らかく、少し甘味があります。

そのままでもおいしいのですが、わたしはお米だけで食べると少し味気ないと思ってしまうので、肉や野菜と一緒に食べるのですが、とてもおいしく頂けるのです！　お腹も膨れますし！

そうそう、エリックさんが猫たちにも、ってご飯に魚を載せて出してくれたんですよ。

猫たちがおいしそうにガツガツ食べていたので、わたしも失礼して少しおすそ分けしてもらったら、猫たちががっつく気持ちが分かりました。

こんなおいしいものを猫たちにも与えてくれるなんて、エリックさん、とっても優しいです。

「猫まんま風」と彼は言っていたけど、宿で出したら注文する人が沢山いらっしゃると思いますよ。

「まあいいか。おいしければ」

「はい！」

わたしがあれこれ考えている間にエリックさんが結論を出し納得した様子。

わたしには難しいことは分からないけど、ご飯がおいしいことだけは分かります。

「そんじゃあ、そろそろ仕込みに取り掛かるよ」

「わたしはヤギたちの様子を見てきますね」

「助かる」

「いえ……いつもありがとうございます」

「ん？」

エリックさんはいつもわたしを気にかけてくれるんですが、わたしはちゃんと彼に御恩を返せているのでしょうか。

お礼を述べたら首を傾げた彼に微笑《ほほえ》みかけ、ペコリと頭をさげ踵《きびす》を返しました。


「めええぇ」

「めええ」

「順番に並んでくださいね」

ヤギたちはとても賢い子たちなんですよ。

わたしの言葉が理解できているかのように一列になってくれました。

順番にヤギのふわふわな背中を撫《な》で、お腹や足の様子を触診していきます。

ヤギ用の特別な餌は与えておらず周辺の草を食べてもらっているので、お水だけ用意しているのですが、問題なく生活できているみたいです。

全てのヤギのチェックを終え、水桶《みずおけ》に水を足しに向かいました。

とことこ、とついて来るヤギたちがとても可愛《かわい》いです！

マーブルも彼らに交じってちょこちょこと歩き、水桶に顔を突っ込みました。

「水を入れるからね」

「にゃー」

マーブルは動こうとしなかったけど、何となく水に触れたいのかなと感じ取ったんです。

バシャー。

あれ、マーブルが驚いて逃げて行っちゃった。

エリックさんには何となく猫たちの気持ちが分かると言ったけど、何となくだから違うこともあるんです……。

「驚かせちゃってごめんね」

声を出すも、既にマーブルの姿は見えなくなっていました。

でも、落ち込んでいる時間はありません！

ヤギたちにお水もあげたので、次はお風呂《ふろ》のお掃除にいかなきゃ。

「きゃ、可愛い！」

女湯のお掃除を終えて、男湯に行くと茶色のもふもふさんたちがお風呂につかっていたのです！

あの子たちはエリックさんのお友達なんでしょうか？

小川で茶色いもふもふさんたちと何かやっていたって聞いたような……。

どうしたらいいのか迷っちゃって、仕込み中のエリックさんに聞きに行きました。

するとと彼がモモを渡してくれたので、モモを持って男湯に戻ってきたんです。

「はい！」

「びば」

「びばばばば」

ぞろぞろと茶色のもふもふさんたちが出てきて、モモを前脚で持ってちょこちょこと歩いて外に出て行きました。

茶色いもふもふさんたちを見送りながら、今日も楽しい一日になりそうだなと思いました。

あとがき

『廃村ではじめるスローライフ ～前世知識と回復術を使ったらチートな宿屋ができちゃいました！～』を手に取っていただき、誠にありがとうございます。

初めての方も何度目かの方もこうしてあとがきでお会いすることができ、感謝感謝です。

作者としては久々の新作になります！

忙《せわ》しい日々を離れ、のんびりした日常を、と考えた時、みなさんはどのような生活を想像するでしょうか？

何も追われるものがなく、食べるものは好きな時に出てきて、家事もしなくていい……当初私はこういった生活を思い描きました。

よくよく考えてみると、きっとこの生活はすぐに飽きちゃうと思い直したところから本作が生まれました。

自分のやりたいことを無理のないペースでこなし、楽しく日々を過ごすことができて、かつ、休みたい時には休んで出かけることもできる。

こういった生活だったらいいなあって。

お店を経営することはスローライフと遠いような気がしていましたが、そんなことはないんじゃないかと。

そこで生まれたのが廃村で宿を経営することでした。

主人公のエリックは宿を経営しつつ畑を耕したり、採集に出かけたりと廃村生活を満喫しています。

彼以外のキャラクターもみんなが楽しそうにしている様子を描きました。

こんな宿で癒されたい、エリックのような生活をしてみたい、と思ってくださると嬉《うれ》しいです。

最後に、編集さん、イラストレーターさん。そして、本書をお手に取っていただいた読者のみなさま、この場を借りてお礼申し上げます。

カドカワBOOKS

廃村《はいそん》ではじめるスローライフ
～前世知識《ぜんせちしき》と回復術《かいふくじゅつ》を使《つか》ったらチートな宿屋《やどや》ができちゃいました！～

2023年７月10日　初版発行

著者／うみ

発行者／山下直久

発行／株式会社KADOKAWA

〒102-8177
東京都千代田区富士見2-13-3
電話／0570-002-301（ナビダイヤル）

編集／カドカワBOOKS編集部

印刷所／暁印刷

製本所／本間製本

本書の無断複製（コピー、スキャン、デジタル化等）並びに
無断複製物の譲渡及び配信は、著作権法上での例外を除き禁じられています。
また、本書を代行業者等の第三者に依頼して複製する行為は、
たとえ個人や家庭内での利用であっても一切認められておりません。

※定価（または価格）はカバーに表示してあります。

●お問い合わせ
https://www.kadokawa.co.jp/（「お問い合わせ」へお進みください）
※内容によっては、お答えできない場合があります。
※サポートは日本国内のみとさせていただきます。
※Japanese text only

©Umi, Renta 2023
Printed in Japan
ISBN 978-4-04-075004-0 C0093

新文芸宣言

かつて「知」と「美」は特権階級の所有物でした。

15世紀、グーテンベルクが発明した活版印刷技術は、特権階級から「知」と「美」を解放し、ルネサンスや宗教改革を導きました。市民革命や産業革命も、大衆に「知」と「美」が広まらなければ起こりえませんでした。人間は、本を読むことにより、自由と平等を獲得していったのです。

21世紀、インターネット技術により、第二の「知」と「美」の解放が起こりました。一部の選ばれた才能を持つ者だけが文章や絵、映像を発表できる時代は終わり、誰もがネット上で自己表現を出来る時代がやってきました。

UGC（ユーザージェネレイテッドコンテンツ）の波は、今世界を席巻しています。UGCから生まれた小説は、一般大衆からの批評を取り込みながら内容を充実させて行きます。受け手と送り手の情報の交換によって、UGCは量的な評価を獲得し、爆発的にその数を増やしているのです。

こうしたUGCから生まれた小説群を、私たちは「新文芸」と名付けました。

新文芸は、インターネットによる新しい「知」と「美」の形です。

2015年10月10日
井上伸一郎

料理で胃袋わし掴み!?
男子高校生、異世界で
主夫生活始めます!
最強の鑑定士って誰のこと？
不二原理夏
B's LOG COMICにて
連載中!
ビーズログコミックスより
コミックス絶賛発売中!!
漫画：不二原理夏
原作：港瀬つかさ
キャラクター原案：シソ
シリーズ好評発売中!
最強の鑑定士って誰のこと?
～満腹ごはんで異世界生活～
港瀬つかさ　イラスト／シソ
異世界転移し、鑑定系最強チートを手にした男子高校生の釘宮悠利。ひょんな事から冒険者に保護され、彼らのアジトで料理担当に。持ち前の腕と技能を使い、料理で皆の胃袋を掴みつつ異世界スローライフを突き進む！！
カドカワBOOKS

colate
魔王《まおう》になったので、ダンジョン造って人外娘とほのぼのする
MAOU NI NATTA-NODE DUNGEON TSUKUTTE JINGAI-MUSUME TO HONO-BONO SURU.
カドカワBOOKS

流優　illust. **だぶ竜**

魔王に転生したユキ。住処のダンジョンを強化して身を守るはずが、ユキが出す日本のお菓子欲しさに覇龍が住み着き……!? トラブルに巻き込まれながら、増えていく人外娘達のため快適＆最凶ダンジョン造り開始!!

シリーズ好評発売中!

摩訶不思議な
山暮らし——
ニワトリ(?)たちと
癒やしのスローライフ
開幕！
COMIC
WALKERほかにて
コミカライズ
好評連載中！
漫画
濱田みふみ
前略、山暮らしを始めました。
浅葱　イラスト／しの
隠棲のため山を買った佐野は、縁日で買ったヒヨコと一緒に悠々自適な田舎暮らしを始める。いつのまにかヒヨコは恐竜みたいな尻尾を生やしたニワトリに成長し、言葉まで喋り始め……「サノー、ゴハンー」
カドカワBOOKS